媽祖
林默娘
台灣民間故事①
鄭宗弦◎著
曹泰容◎繪
晨星出版

【作者序】

我生長於嘉義縣新港鄉，家鄉有座名聞遐邇的媽祖廟「奉天宮」，天天香客絡繹不絕。

從小我就很喜歡到「奉天宮」去玩，喧鬧的鞭炮聲、熱鬧的陣頭都好吸引人。建築物上精美的石雕、彩繪、交趾燒、剪黏都教我流連忘返，偏殿上的「思齊圖書館」提供我精神食糧；還有來自各地的善男信女，他們虔誠膜拜的神態令人動容。

家人常在工作忙完之後，一起到廟裡拜拜，請求媽祖保佑闔家平安。遇上有人要大考、當兵、婚嫁、外出、病痛，更是一定要到媽祖面前懇切地祈求庇佑。而事後我們又前往還願，感謝神恩。

小時候，看著那麼多信徒跪在殿前，我都覺得媽祖一定好忙好忙。人們不停地祈求，是否曾想過體諒媽祖的辛勞？大家在供桌上擺了滿滿的供品和金紙，那都是媽祖需要的嗎？人們大方投入香油錢，是為了換取什麼？而在新聞報導中，我曾看到人們為了搶媽祖神轎，傷了和氣大打出手，讓我十分震驚。

這些都不禁讓我思考，難道宗教信仰的目的，只是人們滿足自己的需求和慾望？人跟神之間的關係，應該如何定義？施與受是交換嗎？還是有更高層的意義？還有，大家對於媽祖庇佑人們的偉大精神，到底瞭解多少呢？

十多年前，我將觀察所得，創作了「媽祖回娘家」一書，頌揚婆婆媽媽們辛苦徒步進香，為全家祈福的奉獻精神。這一次，我研究媽祖生平事蹟，寫出祂傳奇的一生，發現這是一個非常好的機會，可以跟大家分享媽祖助人、救人，無私奉獻的大愛精神。

蒐集資料時，我留意到媽祖的傳說大多是片段的、事件式的，人們可以從中瞭解媽祖的偉大，卻難以深入祂的內心去體會祂的心路歷程。然而在媽祖成仙之前，她也是個凡人，她也曾是女孩，是少女，經歷人事滄桑、悲歡離合，有喜怒哀樂，也有成長過程中必經的迷惘和困惑。

她是如何一路走來？尤其世人難以度過的情關，是否也曾羈絆她的道心？動搖她的志向？她是怎麼克服的呢？

我書寫，不只是滿足自己的好奇，也成了解答讀者與信眾的必要課題。

創作過程中，我逐漸體會出林默娘的內心世界：覺知苦難，悲憫世人，犧牲小愛，奉獻自己，實踐大愛。而媽祖的形象，在我心中也有了變化，從崇高的廟堂聖殿上走下來，不再只是救世英雌、俠女、神明，還是一位爲了救人而犧牲幸福，奮不顧身，追求理想的人道主義者。

媽祖的精神是無私付出的精神，是悲憫大愛的精神。期盼讀者們，尤其是青少年朋友，在讀這本書時，能在文字間尋找與體會這樣的精神。而後當你再次面對媽祖娘娘時，希望你不只是祈求庇佑，而是在崇敬與感動之餘，也能發起幫助他人，造福鄉里，改善社會，無私奉獻的心。

【推薦序】

每年大甲媽祖到新港奉天宮九天八夜三百四十三公里的遶境之旅，及白沙屯媽祖到北港朝天宮的進香活動，吸引成千上萬信眾徒步隨行，展現虔誠的宗教信仰及體驗媽祖的大愛慈悲，是臺灣最神聖的宗教盛事。

「閱讀」是拓展人類視野的最佳途徑，「故事」是傳遞人類智慧的最活潑方式，臺灣是東西多元文化匯聚的美麗之島，民間擁有許多豐富精彩的傳說故事，「海神—媽祖林默娘」救助海上受苦難人們，博愛利益眾生的事蹟千年來為人們所津津樂道。

鄭宗弦先生從小接觸新港奉天宮媽祖宗教文化與藝術，對媽祖的慈悲情懷及人道精神有深刻的感動與瞭解。現今，他用生動有趣、引人入勝的故事劇情，來描述媽祖林默娘的生長歷程及內心世界，且結合曹泰榮老師多元層次豐富的插畫，讓我們品讀《臺灣民間故事1：媽祖林默娘》時，更加融入故事情景及認識媽祖的偉大情操，期盼我們在祈求媽祖保佑時，也能效法媽祖無私付出、悲憫大愛的精神。

——雲林縣立北港國民中學校長　梁恩嘉

【誠摯推薦】

我出生在台灣西南邊小漁村，村子裡的人靠出海捕魚維生，祖父在一九三三年出海捕魚失蹤後，當時育有三男二女的祖母發誓再也不讓自己的兒子當漁夫，就這樣，寡母靠著紡紗織布和耕作家中三分田地拉拔子女長大，三個兒子中有兩個當了小學校長。許是過於勞累，祖母在我們未出生前就離世，由當校長的父親繼續守著家園。

從我懂事，就知道家族有共同奉祀一尊媽祖，我們稱呼「三媽」，只要家中有重要的事情，我們就會去把媽祖請回家坐鎮，譬如有人生病、結婚、生子、要去當兵、創業等……「三媽」是我們最尊敬的家長，是我們的守護神，很多事情，我們需要她來幫忙決定或排解。

「媽祖」是陪伴我成長的神明，在我開始會問問題時，就問過爸爸關於媽祖的故事，也看過戲劇演出或一些書籍的介紹，甚至，後來自己還從事文史工作，帶領民眾認識新莊慈祐宮。關於媽祖的史料記載和故事，了解的程度應該也有達到八、九分的透徹。

鄭宗弦老師寫的這個故事，我很認眞的閱讀，過程中不斷對照腦中的資料，感覺有問題時還上網搜查，結果，讓我非常折服，作者以行雲流水般的文字鋪陳，結合豐富的背景史料，巧妙的把媽祖的故事寫得既寫實又充滿神話味道，讓人一捧讀便欲罷不能直想一口氣讀完。

媽祖信仰是台灣很重要的民俗文化，每年的遶境活動不僅讓民眾動起來，還吸引很多外國觀光客跨海來朝聖。很高興有這樣的好書讓孩子們了解媽祖的故事，今後在看到熱鬧的媽祖文化季登場時，大人、小孩就有更多有趣的話題可以交流了！

——**中華民國兒童文學學會祕書長　蔡淑媖**

【誠摯推薦】

本書的寫作靈魂——鄭宗弦老師，擅長以詼諧又饒負旨趣的手法，詮釋寫作題材，透過幽默風趣的橋段鋪陳，詮釋臺灣民間信仰中，那位令人景仰的『神聖女神——林默娘』，再搭配上曹泰容老師的精采插畫，讓以往八股艱澀的媽祖傳說，變得更加平易近人、生動活潑，如同科幻小說中的最佳女主角，堪稱是現代版的「天妃顯聖錄」。在翻開本書的同時，就讓我們透過輕鬆的心情，共同進入浩瀚書海，找尋這位華人世界的天后，透視祂那不平凡一生與豐富精采的生活吧！

——**台南市安南區新和順保和宮總幹事　楊宗祐**

【誠摯推薦】

「有人說媽祖是觀世音菩薩的一滴眼淚化成的」，雖然，傳說中不盡然如此，但我特喜歡這浪漫的說法。

「一個人可以沒有宗教，但不能沒了信仰」，人生總有不足與太過的時候，只要你有虔誠的信仰。生命中總有一些貴人總會適時的出現拉你一把，不讓你跌倒或迷失。幾年前我遇到人生中最大的困難，我相信那時候最親的家人要來簽同意書時一定有很大的錯愕，我相信身旁的好友，也一定會深感戚戚焉。那段路我挺過來了，我成為婆仔的頭號粉絲，尤其是每年媽祖生這段時間的繞境活動，我一定利用工作之餘的所有時間，安排好行程，整理好行囊，好好的和我心中最慈祥的婆仔來一場浪漫的邂逅。我知道我無法全部都跟到，但只要腿力許可，假還夠放，我一定「衝！衝！衝！」，因為我知道那就是我的責任和義務。

有幸拜讀鄭老師的新書「媽祖林默娘」，當中將媽祖的數個故事以傳記的方式串聯成書，輔以說故事的口吻，尤其讓初次接觸媽祖信仰的民眾及兒童讀來一定是淺顯易懂，讀者閱讀後信手拈來，定能將媽祖的慈悲弘揚永流傳。

——南臺科技大學休閒事業管理系講師　吳漢恩

目錄

序章

終於在長夜等待之後，壅塞在前方的大船陸續離港，讓出了航道。

「啓航——」大鬍子船長一聲令下，水手們迅速張帆、解纜、起錨。風和日麗的清早，一艘載滿絲綢、銅鐵、陶器的大商船，從泉州港出發，朝南洋邁進。

大船出海不久，海面突然起了大浪，船隻震盪起伏。

「收……」船長急忙掌穩船舵要叫水手收帆，抬頭才發覺並沒有颳大風。「咦？無風不起浪，怎麼會這樣？」

還來不及細想，騰空的巨浪從右前方壓過來，大船遭受覆蓋，瞬間從白浪中衝出去，水手們都跌了四腳朝天，慌張地爬起來找東西抓附著。

「吼——」波濤中無端冒出一條巨大怪物，翻波倒浪，捲起一重又一重的浪山。那條又粗又長的尾巴快速扭動，好幾次都差點打到大船。

「妖怪呀！」水手們驚恐不已，紛紛下跪呼求。「龍王保佑，龍王保佑……」

大鬍子船長也哀嚎著：「海龍王救命，龍王救命啊……」

船隻還在劇烈晃蕩時，東方海面浮出一條青色巨龍。

眾人見了欣喜跪拜：「龍王顯靈了，哈！果真有求必應，龍王顯靈，感謝龍王……」

青龍張開大嘴上前攻擊海怪，海怪左右閃躲，隨即潛伏深海，往陸地逃去。青龍不肯放過，加速超前攔截，雙方正面遭遇，扭纏撕咬在一塊兒。這一混戰翻起更劇烈的狂濤，浪底如深谷，浪高如巨峰，峰峰相連成嶺脈。船隻一下子拋向高聳空中，瞬間又墜入無底深谷，船長和水手一一被甩出去，浮在水上成了點點芝麻。

青龍往海怪頸部咬去，海怪一閃躲過，並趁隙回頭對準青龍尾部攻擊。青龍猛然一抽尾巴，將海怪打出水面飛向半空，卻也同時打中船身，大船瞬間爆裂粉碎。

海怪落海時激起濤天狂浪，強烈的撞擊使牠昏厥，往海底下墜。不過才十幾秒，牠又恢復意識，昂頭往陸地加速潛逃。

青龍尾隨，游了一里便止步目視。牠不再追擊，反而回頭往墨沉沉的大洋內深潛而去。

海面恢復了平靜，但人船都已沉淪，包括船上所有貨物，紛紛擦過青龍的尾巴，永沉海床不見天日。

一、觀音送來奇妙小女嬰

西元九百五十九年夏季的某一夜，大地一片陰暗的寅時三刻，林惟愨（音同「確」）匆匆起身，搖醒十二歲的兒子林洪毅。他們帶著刀槍，一同摸黑到海邊與班員會合。

「啪——啪——」潮浪拍岸，也拍打在一艘大木船的側面。浪花朵朵，在淡淡月光照耀下彷彿天上滾落的灰雲，讓人有些不安。十多個班員一字排開面向大海，洪毅自動排到隊伍最右端，像個訓練有素的小小兵。

忽然一團火光快速靠近，人人回頭張望，臉頰一一映紅，林惟愨皺起眉頭，雙眼炯炯如炬。

「你，熄火。」他生氣地指著前日剛來報到的小伙子。「你這笨蛋，以後，絕對不准帶火把來集合。」

擔心遲到而奔跑的陳平容氣喘吁吁，慌張地將火把往沙堆裡插，還用腳踩熄。

「好小子。」林惟愨雙手插腰，威嚴的說：「我們的工作是海岸巡防，我們的敵人是隱藏在黑暗中神出鬼沒的海賊。切記，不要暴露行蹤給那幫賊子，尤其在這紛亂的世道，北方各地都在戰亂，亂軍災民四處打劫，海岸也不平靜啊！劫村的，劫船的，時有發生。」

他一一檢閱班員儀容，也察看攜帶的武器有沒有磨利。來到陳平容前面，刻意板起臉，往他小腹一拍：「挺胸，縮腹，氣貫丹田。」

陳平容兩眼睜得圓圓的，汗如雨下。

「注意——」林惟愨大吼一聲。

陳平容嚇得抖跳起來，洪毅見了嘻嘻笑。

「不准笑。」林惟愨臉色一沉。由於有新進人員，他不免要多加訓誡幾句，「我們湄洲島就位在湄洲灣的出海口，負責維護沿海一帶的安全。尤其南邊緊鄰泉州大港，貨物商船千進百出，買賣的都是金銀、絲綢、香料、陶瓷這些商品，我們在北邊鎮守，責任格外重大。」

「漲潮了。」有人回報。

大家往木船看去，船已輕輕浮起，一擺一擺地拉扯著繫在大石上的粗麻繩。

「上船。」一聲令下，全員衝上甲板，各就各位。

時令剛過小暑，帆一揚起，陸風便把船推入大海。

卯時剛到，東方發白，大夥兒不約而同驚愕大叫：「啊——」

破曉的天光照出的不是瑰麗的朝霞，而是滿天火燒雲的紅天，而且雲腳都叉分出絲絲彎毛，顯示颶風（今稱颱風）來臨的前兆。

果然，起風了，從東南而來，水浪轉劇，大船顛簸起來。

「收帆，快！」林惟慤急急下令。「起槳，回航。」

眾人收了帆，分列左右，奮力划槳。

「一，二，一，二……」

那些船槳頂端都寫有「巡」字作爲記號，眾人一起划動時，宛如簇擁著縣老爺出巡的儀仗，顯出威嚴的氣勢。

林惟慤目光堅定地望向陸地，洪毅抓緊船緣，微微顫抖。

「別怕，我們離岸不久，很快就會到家。」林惟慤拍拍兒子的背，卻又轉頭嚴詞厲色地叫說：「新來的陳平容！你小心一點！你看那浪頭上閃閃的白光，一片片都是翻滾的尖刀子！一不小心就會出人命的。從今天起你就是這飄浪在刀尖上的命，自己把自己打理好，聽令行事，謹慎小心，不要變成別人的負擔。聽到了嗎？」

「遵命！」陳平容臉色蒼白，翻騰的胃使他想吐，加上長官兇惡的口氣，讓他更加恐懼。

很快地，船靠了岸。天上烏雲密布，眾人將船推進岸上深處，繫緊縛繩，才解散回家。

林惟慤向副班長阿水哥使個眼色。阿水哥點點頭，跑去搭陳平容的肩膀說：「小兄弟，林老大私底下對大家很好。只是大家同在一條船上，你又剛來，多少對你嚴厲一點，那是爲你好，在茫茫大海上可是一丁點錯都不能出的……」

「我知道……」陳平容委屈地猛點頭，卻忍不住胸腔內的翻攪，衝到一旁嘔吐起來。「嘔——」

大雨欲來，狂風颯颯，船旗都被吹倒了。

林惟愨擁著兒子奔跑回家，妻子王氏早等在門口，看到父子倆她立即回頭吆喝一聲：「爹爹回來了。」

「爹爹……」五個女兒見到父親一擁而上，搶先的三女阿霞和二女彩緞分別抱住兩條大腿。四女兒阿舜慢一步，撞在彩緞背上。

年紀最小的阿珠才一歲多，一個踉蹌跌倒在地，正要放聲大哭，大女兒秀娟把她抱起來，隨即被林惟愨接過去又哄又親。

「阿珠乖，不哭，不哭喔！」

阿珠破涕爲笑，咯咯地咿呀叫著。

「今天沒人出海吧？」林惟愨問。

「村民們看到紅天，大都把船拉上岸。」王氏擔憂地說，「但有兩船出了海，一船見到起風，馬上回頭；另一條船還沒回來。」

「還沒回來的是誰家？」

「阿和與阿財兩兄弟。」

「唉呀！這阿和實在是，當大哥的人還這麼莽撞。」林惟愨忐忑不安，放下阿珠。「嗯！得趕快把門窗釘一釘。阿霞，你帶妹妹們到房裡去玩。秀娟和彩緞，去把外面晾曬的衣物和魚乾、菜乾收進來。洪毅，去拿鐵鎚和釘子，跟我到處去檢查。」

屋裡屋外巡視一圈，果然有許多疏漏。屋頂的瓦片鬆脫了一些，廂房的土牆有個小洞，窗戶上的竹欄掉了兩根，門窗也都需要木條來封緊。林惟愨敲敲打打，王氏跟洪毅幫著扶木梯，拿木條，走裡忙外，轉個不停。

看著一臉稚嫩的兒子，林惟愨不免感嘆：「唉！人家說一連五女是富貴之相的『女兒山』，可是臨到勞動的時候，還是男孩力氣大啊！唉！如果能再添個兒子該有多好。」

「有，我昨天下午到觀音廟拜拜時……」

「對了！」林惟愨打斷他的話。「我叫你去幫新人求個平安符，不是嗎？」

「有，有，我求來了，就放在供桌的香爐前面。本來早上要拿給你，但睡醒時你們已經出門了。」

「沒關係，我等風雨過後再拿去給他。新來的班員，總得有平安符在身上才會安心。」

「我懂，他安心，你也安心；你安心，我就安心。」妻子慧黠地朝他一笑，「你說這新來的年輕人十七歲，姓陳，還沒娶妻是不是？長得怎麼樣？人有沒有古意？要不要做給我們家秀娟？」

「胡扯，秀娟才十一歲，不必那麼早談親事。」林惟愨停下手上的工作，不悅地說，「而且，我絕不會讓我的女兒嫁給行船的人，不管是船商、漁夫，既使是我們這種都巡檢都不行。你要害她天天望著大海苦苦等候，提心吊膽一輩子，像你這樣嗎？」

王氏默不作聲，眼眶泛紅。

「別忘了，我爲什麼讓孩子們讀書識字，就是盼望他們將來嫁到好人家當正房，相夫教子，孝敬翁婆。我要大家都知道我們林家好門風。所以首先，秀娟，第一個女兒就要嫁得好，那也是爲妹妹們著想，你懂嗎？」

「我才起個頭，你就教訓我。我知道，我不識字，你早就瞧不起我。」王氏擦去眼角的淚珠。本來她提到去觀音廟拜拜，要講的是向菩薩求生男孩的事。不過，求子不下二十次了，可生完洪毅後每次來的都是女兒，還是不說也罷。

「沒有的事。你相信我，我心裡只有你，不會娶小的。」林惟愨也覺得不是滋味。「快！好多東西要整修。」

正午左右，劉阿和提一簍魚出現在林家門口。

林惟愨大喜，卻又責怪他：「你上有老母，下有妻小，不該冒險。」

「沒辦法，肚子得顧著，浪大的日子魚貨多。」劉阿和笑說，「林老大你看，今天捕到的比平常多三倍，我送一些來給你。」

「這魚我不要，不准再做這種事。」林惟嗀臭起臉，催促說：「快回家，颶風就來了。」

劉阿和逕自把魚鮮送進灶房，然後笑臉離去。

土牆上的小洞還來不及補，狂風大雨已如大軍襲來，屋外樹搖地動，海濤如雷貫耳，全家人趕緊躲進屋內，也把屋外的小狗牽進來避風雨。

王氏同秀娟在灶房忙了一陣子，捧出一大鍋雜菜鮮魚粥，全家人稀哩呼嚕地飽餐了一頓。

下午時昏天暗地，屋頂開始滴水，鍋瓦瓢盆全上場救援，叮叮咚咚。不能出去玩好無聊，大哥洪毅帶頭講故事，秀娟接著念唱童謠，小狗汪汪叫，孩子們嘻嘻鬧鬧。

「唉！孩子就是孩子。這風，這雨，這浪，唉！這人生啊……」林惟嗀感到甜蜜卻也感慨不已。

再看著孩子們天真無邪的眼神，他趕緊捏痛手臂，打起精神保持警戒。倒是妻子累癱了，倚靠在他背上睡著。

其實，伴隨著孩子們的笑鬧聲，王氏在夢中正走入白雲飄飄的天際。觀音菩薩從雲後走出來，慈藹地說：「來，送你一朵優缽花。」

王氏接過花朵，聞到花香芬芳。

菩薩說：「我聽到你的祈禱了，你們林家是積善之家，本就有好福報。吃下它，安心等著好消息……」

唐朝末年藩鎮割據，自立爲王，又互相攻伐。唐朝滅亡之後，各地常有兵變，北方陸續有後梁、後唐、後晉、後漢、後周，五代政權爭戰兼併，兵荒馬亂，使得生靈塗炭，民不聊生。

南方另有十國，吳、南唐、吳越、閩、北漢、前蜀、後蜀、荊南、楚、南漢，政權相對穩定一些，但也時有爭戰。湄洲島所在的「閩國」便是其中之一。

唐。

西元九百四十五年，閩國的都城福州遭南唐軍攻破，閩國滅亡，併入南

西元九百六十年元月初一，北漢及契丹聯兵侵犯後周邊防。時任後周殿前都點檢，掌管禁衛軍的趙匡胤受命前往抵禦。初三夜晚，大軍竟然於京城汴梁東北二十公里的陳橋驛發生兵變，將士於隔日清晨擁立趙匡胤爲帝，黃袍加身，史稱「陳橋兵變」。

大軍隨即回師京城，後周恭帝柴宗訓禪位，趙匡胤登基，改元建隆，國號「宋」。此後趙家大軍從南至北征討各國，包括南唐在內，干戈不斷。

內陸征戰頻仍，沿海的漁村也常遭海賊洗劫，林惟愨的工作更加繁重。而陸上不安寧，海界也不平靜，因爲近海常有海怪作亂，翻攪浪濤，往往使船隻翻覆沉沒，叫漁民和船家恐懼不安，不知如何是好。

林惟愨早就知道這個消息，卻也束手無策，只能提醒大家小心再小心，航行時別離海岸太遠，自求多福。妻子王氏在夢中吃了優缽花之後，懷上第七胎，林惟愨就滿心期待著。

「爲了生出白胖的兒子，一定要多去晏公廟拜拜。」

「有用嗎？前面五個『女兒山』，哪一個不是我去晏公廟拜出來的？」王氏意興闌珊地說。

「不！不！這一回是菩薩親自賜給我們的，一定是個男娃兒。」林惟慤信心滿滿地說。

王氏聽了摀著胸口，閉眼幻想：「哇！如果生個男孩能像晏公那般俊美，那該有多好啊！」

眾所皆知，想求生子要拜觀音，有了身孕後就得拜晏公。

晏公原是江湖之神，人們祈求他是爲了船隻來往安全。而他的塑像唇紅齒白，朗目疏眉，皮膚白晰，身材魁梧如玉樹臨風，因此廣得各地婦女的愛慕。受孕待產的準娘親求子心切，都要到晏公廟拜上幾遭，一來祈求生得男子，二來還得是個俊俏的白胖寶寶。也就因此江南各大城鎮都廣設有晏公廟。

王氏答應之後，就趁林惟慤每月十五公出巡視之便，一同搭船上福州，祭拜那兒的晏公廟。

八月中秋那一回，王氏又到晏公廟祭拜，還買了一甕黃酒和一斤豬肉，親手倒進閩江作爲獻禮。回程時，大船剛入東海就遇上怪海象。

那時秋高氣爽，藍天白雲，無風無雨，卻莫名從海中湧出泡沫和水浪，使大船劇烈搖晃。

林惟慤和班員們第一次遭遇，驚恐之餘，只得加緊划槳，想早點脫離，而王氏則是捧著肚子，躲在船艙中緊抓柱子。

「海龍王救命啊！有海怪！」

膽怯的陳平容率先呼救，大夥兒一聽，也隨之哀求。

「東海龍王，求求您讓海面恢復平靜吧！」

海浪越來越大。

「龍王救命啊！」林惟慤心一急，也跪下來禱告說：「龍王在上，我林惟慤和妻兒，還有一班船員都在船上，求龍王救救我們，求求你。」

不一會兒，那些泡沫和水浪便消失了，船隻恢復平穩。大家轉憂爲喜，互相慶賀的同時，隨即發覺不對勁，船隻竟然倒退而行，像被人牽引著，繞著一個大圈圈。

大家往海上看，嚇出一身冷汗。因爲海中出現一個極大的黑色漩渦，正準備將船隻呑噬進去。

眾人無計可施，只得放棄划槳等死，卻看見王氏踉踉蹌蹌從船艙中走出來，對著漩渦大喊：「晏公救命——晏公救命——」

說也奇怪，大漩渦應聲消失。

大家悄悄地等候接下來的變化，卻是半晌不見任何動靜，海面平靜無波，就這樣逃過一劫。

這件神蹟漸漸從湄洲島傳到閩南，又往閩北傳到吳越，大家都說晏公不但會賜人白胖兒子，還能降伏海怪。一時之間晏公廟香火鼎盛，香客絡繹不絕，信徒竟比龍王廟還多得多。

隔年，西元九百六十年，也正是宋太祖建隆元年，三月二十三日傍晚，王氏的肚子劇烈疼痛。

生產經驗豐富的她知道時候到了，她躺在床上待產，林惟愨跑去找劉阿和的老婆陳氏來幫忙接生。

大夥兒匆匆回抵林家時，卻看見屋子裡發出紅色的光芒，還飄出奇妙的香味。

「是誰點了檀香？」林惟愨問。

洪毅說：「爹，香粉早就用完了，你上回說要去泉州買，一直沒去。」

「是嗎？」林惟愨搔搔頭。

「林老大，你別呆在那兒，快去燒開水，你知道的。」陳氏老實不客氣的往他肩膀一拍。

林惟愨趕緊到灶房去燒水。

熱水還沒燒好，陳氏就喜孜孜地跑來道賀：「恭喜恭喜，順利生出來了。」

「啊！」林惟愨好驚訝。「怎麼沒有聽見啼哭？」

陳氏聳聳肩，笑說：「就是沒有啼哭，一句哭聲都沒有，不過寶寶很健康。」

「是男娃兒，對吧？」林惟愨興奮地問。

陳氏面露尷尬，搖搖頭。「唉，女兒山，走過一山又一山。」

「怎麼可能，我不信。」他好錯愕，即刻抛下水桶，直奔內室。「眼見爲憑，我不相信菩薩會騙人。」

床上的妻子虛弱而無奈地望著他，懷中躺著小猴子似的紅孩兒，他仔細去看，不禁啞然。

王氏苦笑一下，對他說：「菩薩說我們林家是積善之家，本來就有好福報的。他叫我安心等著好消息，他並沒有說我會生男孩。」

「哈，哈，哈哈！哈哈哈……」林惟愨縱情狂笑。

秀娟跑去母親身邊，擔心地問：「娘，爹爹瘋了嗎？」

「哈！不，我是笑自己傻。」林惟愨笑出淚來。「笑自己一廂情願，笑自己自以爲是。」

「熱水來了，要給小寶寶洗澡哩！」陳氏抬水桶來。

林惟慤轉哀為喜，把孩子們集合到妻子身邊說：「這新來的小妹不像你們一個個都那麼愛哭鬧，將來一定很好照顧。這是觀音菩薩送給我們家最好的禮物了。感謝菩薩，既然她不哭不鬧，默不作聲，那麼我來給他取名叫做林默，你們說好嗎？」

「當然好，你是一家之主。」王氏說。

陳氏也說：「聽起來很貼切啊！」

「阿默，阿默，阿默，阿默……」孩子們開心的重複這名字。

黑夜中的湄洲島上，只有林家燈火通明，還洋溢著響鈴般的歡笑聲。但同樣這個時候，遠在北方的東海上卻無故起了波濤。

浪濤越來越大，並且擴大翻騰的範圍，有時分成兩處，有時聚在一起。海面也不時有兩個巨物起起伏伏，互相纏鬥。

不久一隻龐然大物遭到追趕而被迫上岸，星光下只見一條白色巨蟒在沙灘上蜿蜒輾轉，不時昂起長頸對著大海嘶吼。

一會兒之後，遠處水花消失，海面再無漣漪，白蟒也停止了憤怒。

牠往閩江海口匍匐前行，發現南方空中遠遠的透出祥瑞的紫氣。

滿腔的好奇心驅策牠再度潛入海中前往窺探。但這回牠刻意低調緩行，不動聲色，不興水波，慢慢地越過閩江出海口，緩緩地接近目標。

出得水面之後，才知是湄洲島。空中紫氣濃厚，瀰漫各處。

白蟒將身軀蜷縮成一個大圓，隨後發出白光開始變化，伸出頭、手、腳。

一位白衣男子拔地而起。他搓揉五官，挺直腰桿，整頓衣冠，風度翩翩的往紫氣最濃處漫步而去。

幾步之後又覺得不妥，他又彎曲身子，繼續變化……

二、狗群爭先恐後鬥老妖

鄰居們都回家了，王氏累得睡著，妹妹們也都上床，只剩林惟愨和洪毅還是醒著。

「汪——汪——」林家的小狗忽然在外頭吠著。

隨後傳來敲門聲：「叩！叩！」

洪毅前來開門，看見一位駝背的老太太哭喪著臉說：「好心的頭家，可不可以分一點東西給我吃？我已經餓了兩天。」

「爹！」洪毅忙跑去找父親。「有一個乞丐婆想討東西吃。」

「喔！那趕快，」林惟愨正抱著阿默哄著，沒法拿東西。「供桌上的糕餅，先拿給她止饑。」

洪毅拿了糕餅過去，老太婆狼吞虎嚥，差點噎住。

「快去倒杯茶水給客人喝。」林惟愨又說。

洪毅又去倒茶。

林惟愨來到老太婆面前，憐憫地說：「婆婆有些面生，敢問是外地來的嗎？」

老太婆喝下一口茶，疏疏喉嚨，吸口氣說：「是啊！我是福州人，幾天前到海邊撿海菜，不小心被大浪衝到海裡，還好大難不死。」

「啊！你的家人一定非常擔心。」

「是啊！漂流到這裡，不知道怎麼回去才好啊？嗚……嗚……」老太婆傷心地哭起來。

林惟愨安慰道：「沒關係，你待在這兒睡一晚，明天我開船載你回去。」

老太婆突然下跪，對林惟愨拜了又拜：「你眞是大好人，大善人，大恩人……」

「不要這樣，趕快起來。」林惟愨轉頭叫喊，「洪毅，快點幫忙扶阿婆起來。」

孩子攙扶阿婆，阿婆突然說：「不知你家有沒有酒可以喝？我受到那麼大的驚嚇，今晚恐怕睡不安眠。」

林惟嵆說：「有，正好我妻子生產，煮了有麻油雞酒。洪毅，去盛一碗給阿婆喝。」

老太婆看看小嬰兒，微笑說：「眞可愛啊！給我抱一下。」

她要伸手撫摸，卻發覺一股強烈的正氣如閃電般竄出，灼痛她的手指。

「呀！」這痛楚激怒了她，但她隱忍下來。

「麻油雞酒來了。」洪毅說。

老太婆眼睛一亮，痛快地喝下一碗，覺得舒暢極了，一時壯起膽子，伸出雙手來搶。

林惟嵆嚇一跳，反射性地後退兩步，老太婆撲了空，卻聽見外面小狗吹起狗螺：「噢——噢——噢嗚——」

沒想到一呼百應，全島百十條狗兒跟著吹狗螺。

「噢——噢——噢嗚——」

「噢——噢——噢嗚——」

老太婆不甘心又要來搶，屋外的小狗卻衝進來，咬住她的小腿。

「唉呀！」她跌在地上，被小狗拖到門外。

「嗯——汪——汪——」

「汪——汪——」

門外竟然聚來了許多狗兒，包圍著她兇惡地吠叫。

老太婆猛然抓起腿上的小狗往空中甩去，小狗重重墜地，慘叫一聲便氣絕身亡。但這不但嚇退不了其它狗兒，反而激發牠們的鬥志，一齊撲上去咬住她。

「呀——」老太婆痛得受不了，現出原形。一個瘦弱的老人瞬間膨脹成白色巨蟒，將身上十條狗兒彈飛到二十公尺外。

這會兒換小狗們嚇呆了，個個夾起尾巴，縮著身子，嗚嗚咳咳地嗚咽著。

趁此空檔，巨蟒縮起身子往海天奮力一伸。半空中宛如飛起一棵千年神木，啪喳一聲落入海中，激起滔天巨浪。

爲了保護家人，林惟愨叫洪毅緊閉家門，只從窗內往外窺視。可是外面陰暗無比，只有黑影幢幢，又聽得狗兒狂吠和淒厲的慘叫，實在難以分辨是什麼怪物。

「不知這妖怪是何方神聖，爲何要來搶我女兒？」妻女們都睡得十分安詳，林惟愨看看滿臉驚恐的洪毅，又看看懷中嬌嫩的小紅嬰，心裡又想著：「我的小阿默，連狗群都會來保護她，將來必定是個了不起的大人物，我一定要好好地栽培她。」

隔天一早，林惟愨尋到小狗的屍體，傷心地挖坑將牠安葬。林家的小狗失蹤了，孩子們吵著問著，林惟愨都不忍心告訴他們實情。感念牠的忠心和英勇，三日之後，他獨自帶著一堆肉骨去祭拜牠，盼牠安息。

阿默滿月這一天，照例請親朋好友喝滿月酒，劉家兄弟、長官、同僚、班員也都齊聚一堂。吃喝一頓後，男人繼續喝酒划拳；女人們逗弄小嬰兒，聊起育兒經；孩童們十多個玩鬧在一起，追逐跑跳，捉迷藏，打陀螺，不亦樂乎。

王氏原本憂心阿默不哭不鬧會不會是聾啞，但這個月來也解惑了。阿默笑起來「咯咯咯」，比阿珠還大聲，聽見有客人來，也立刻轉頭去看，比她還敏捷。反而是不哭不鬧的阿默好吃好睡，讓王氏好省心，坐月子夜夜好眠，大家都羨慕她好命極了。

她客氣又感恩地說：「不是我好命啦！這一切都得感謝觀世音菩薩，是菩薩賜給我這麼一個乖寶寶。」

說笑間，陳平容來到房門口，手拿一個紙包對王氏說：「林大娘，我存了一點錢，趁著到泉州巡視的機會，買了些檀香粉送給你。」

「啊！不要這麼客氣。」王氏開心地推辭。「你的月俸不多，存起來別亂花，到時候娶媳婦可要不少錢呢！還有，算來你要叫我，叫我……」

陳平容一聽臉紅了。原來是過年期間親友走春，互相打探有沒有適婚年齡的男女孩兒，王氏便把陳平容介紹給她娘家遠親的外甥女，後來牽上雙方的家長去談親事，就這麼促成了良緣，並且在三月初訂了親。

王氏掐指頭數輩份，數了半天也數不清，索性兩手一攤，說：「反正不要叫我林大娘，叫姨婆好了。」

「哈，哈……」一群婦人一旁樂開懷。

「好，姨婆，你不要客氣，我聽說阿默是觀音菩薩送來的，這些檀香給你供奉菩薩。」

「好吧！」王氏不再推辭，收下了紙包。「既然是供奉給菩薩，我就幫你實現孝心。我果然沒有看錯人哪！」

陳平容離開後，王氏這才想起供桌上只有公嬤神主和香爐，應該在上頭供奉觀世音菩薩的聖像，天天早晚兩頓香，來答謝菩薩的保佑才對。

等客人都離席了，王氏把這想法跟丈夫講，林惟愨二話不說，一口答應。

幾天之後，夫妻倆一同帶著阿默到觀音廟還願，並且請木刻師父雕了一尊法相莊嚴，慈眉善目的觀音像。雕成之後又請法師念經，隆重地迎回家，安立在供桌上。

於是，每日早晚，王氏燃香供菩薩，跪在面前祝禱。不識字的她不會讀佛經，因此聽從廟裡師父的教導，誠心誦念聖號：「南無大慈大悲救苦救難廣大靈感觀世音菩薩，摩呵薩。」早晚各一百零八次，以示誠心。

小小阿默在父母兄姊的的愛心照護下，慢慢長大。牙牙學語的時候，很快學會了說爹爹娘親，接著就是「菩薩」兩字了。

到了阿默三歲時，一天傍晚王氏點香跪拜，閉目誦念聖號，忽然聽見身旁有人說話，側臉一看，居然是阿默。

阿默跪在一旁，雙手合十，望著桌上的觀音，唸唸有詞：「觀世音菩薩……摩呵薩……摩呵薩……」

那一雙明亮澄澈的眼睛望著前方，宛如一個專注的修行者定靜在山巔水涯，風吹樹葉沙沙沙，水擊岩石嘩嘩嘩，似乎都只是伴奏的悅耳樂音，而她，小阿默全然不受滾滾紅塵所侵擾與羈絆。

她是怎麼辦到的？一個三歲的小娃兒呀！

回頭看見其他孩子在院子裡騎竹馬、捉迷藏，盡情喧鬧，再看看一旁虔敬的小阿默，王氏不禁讚嘆：「眞的是菩薩送來的孩子啊！」

林惟慤重視孩子的教育，洪毅是長子，因此七歲的時候讓他到觀音廟內的私塾去讀書。不過這孩子似乎不是讀書的料，詩經和論語還能背幾篇，其餘的就記不清，兩年後就沒再去了。所幸他長得健壯又好動，雖然文的不行，但將來朝武舉發展，還是有希望，也就因此林惟慤海巡時，常常帶在身邊見習。

沒有出巡的日子，他讓洪毅在上午舉石輪、練刀、耍槍，下午的時間就教妹妹們識字讀書。王氏操勞家務，有時過來看看，也識得了幾個大字。

洪毅當個小老師，發覺大妹的字寫得最漂亮；二妹彩緞識字最快；三妹阿霞最會背詩。至於四妹阿舜、五妹阿珠和么妹阿默，年紀還小，尚且看不出個所以然。不過阿默很特別，大家在讀書識字時，她總是貓兒似地挨在一旁，靜靜的看，靜靜的聽，興致勃勃的樣子。

然而那個年代，女孩子們的要務不是讀書寫字，而是學習煮飯、洗衣、織布、刺繡、帶孩子等等，一切爲將來嫁人後持家做準備。

林家有台織布機，全家九人的衣物自給自足，只是累了王氏，天天像個陀螺轉個不停。還好秀娟會幫忙顧小孩，也會紡紗織布，然後一年一年過去，大的教小的，小的再帶更小的，到後來竟然有多餘的布匹可以賣人。尤其做成了衣裳，繡上花鳥圖案的彩衣，拿到市集去更是搶手。

湄洲島離大陸有三公里遠，天高皇帝遠，家家戶戶雞犬相聞，與世無爭。可是內陸是時局混亂，軍頭相爭，盜賊四起，林惟慤身爲都巡檢，除了海岸巡防之外，常常也得到陸地上支援巡邏，有時離家就得十天半個月。父親不在家的時候，洪毅這位小老師就成了小爹爹了，要幫著娘親發落事情，妹妹們也以他馬首是瞻。

六姊妹裡，阿默和五姊阿珠年齡最近，兩人常玩在一起，感情最好，可是也因爲接觸緊密而容易爭吵。洪毅最疼兩個小妹妹，有麥芽糖或玩具都會先給兩個人享用，不過他不會忘了其他妹妹，否則有人會怨不公平，怪他偏心。有時明明人人都有了，還會有怨言，他也沒辦法；有時甚至不小心引起公憤，六姊妹聯合起來不理他，他就十分尷尬和無奈了。

日子就在親親愛愛、吵吵鬧鬧中度過。

秀娟十四歲的時候，王氏要大家改口叫她「娟娘」，一年多後，彩緞成了「緞娘」，阿霞是「霞娘」。大家心照不宣，那是有女初長成的標誌，換句話說，女孩已長大，有了生育能力，可以準備嫁人了。

阿默六歲那年，有一天娟娘在繡花時，忽然懶倦地停下針，嘆口氣說：「唉！昨天繡牡丹，今天繡蘭花，接著要繡黃菊、梔子花和月桂，那麼多花到底爲誰盛開？唉！花開堪折直須折……」

緞娘掩著嘴，笑眼看霞娘說：「你阿姊啊！把自己繡成一隻孤鸞了。」

「嘻！嘻！」霞娘看著娟娘。「無花可折，可以折孤鸞啊！哈！哈！」

「胡扯！」娟娘給她們一頓白眼。

阿默童言幼聲道：「勸君莫惜金縷衣，勸君惜取少年時，花開堪折直須折，莫待無花空折枝。這是唐朝女詩人杜秋娘的詩，對不對？」

緞娘和霞娘互看取笑，阿珠也跑來湊熱鬧：「不是杜秋娘，是公孫大娘。」

娟娘說：「你少亂講，公孫大娘舞劍，杜秋娘作詩。」

「我知道，杜甫寫的《觀公孫大娘弟子舞劍器行》。」阿默又搶著背詩：「昔有佳人公孫氏，一舞劍器動四方。觀者如山色沮喪，天地爲之久低昂。霍如羿射九日落，矯如群帝驂龍翔。來如雷霆收震怒，罷如江海凝清光。絳脣珠袖兩寂寞，晚有弟子傳芬芳……」

林惟愨恰好經過房門聽見了，停下來思慮了一會兒。

這時劉阿和送魚貨來，一進門就吆喝：「阿默，阿默，今天有你最愛吃的小卷喔！」

阿默急忙跑出來，抱住劉阿和的大腿，開心地說：「謝謝阿和叔叔。」

「乖，你愛吃小卷，我就特地去釣小卷。」劉阿和說。「本來已經魚蝦滿船，阿明看我還要釣小卷，催我回航，我說阿默愛吃小卷啊！他不但不催我，還跟著一起釣呢！你看，今天的小卷那麼多。」

阿默這才注意到阿和叔叔的獨子劉明站在一旁，笑笑地看著她。

「快叫人啊！你這傻小子。」劉阿和說。

劉明趕緊鞠躬：「林伯伯好。」

「好，好乖。」林惟慤也說。「阿默，還不謝謝阿明哥。」

「不要。」阿默嘟起嘴，別過頭。

劉明急忙問：「爲什麼？你討厭我嗎？」

「不是，是小卷太多了，我吃不完。」阿默說。

劉阿和笑說：「傻孩子，曬成乾就好了嘛！」

劉阿和對兒子說：「帶阿默去灶房，切點小卷嘗鮮去。」

兩個孩子手牽手一同離開。

林惟慤把劉阿和帶到客廳，語重心長的說：「女大不中留啊！」

「怎麼啦？」劉阿和揚起眉毛。

林惟慤把剛剛聽到的對話說了一遍，又說：「你看看，我六個女兒，一個個長大後都要嫁人的，接著家裡人就越來越少，越來越少，那時候還沒到，我已經開始寂寞了。唉！我如果能再多個兒子，該有多好。」

「林老大，別為難嫂子了，生七個孩子也夠辛苦了。我看你啊！與其再生個兒子，不如實際一點，盼孫子比較快呢！」

「喔！」林惟慤低頭細想，「有道理，洪毅都十九歲了。」

「我幫你去打聽打聽。」

「一定要好人家才行。」

「那是當然。」

那一年年底洪毅就娶了媳婦，湄洲灣對面的孫家三女兒。

喜宴那天無比熱鬧，街坊鄰居都把家裡的桌椅扛過來，供給賓客們使用，全村也動員起來，幫忙殺雞殺鴨，張羅布置。阿默看見人多，歡喜得不得了，這邊跑跑，那邊跳跳，有如林間快樂飛翔的小黃雀。

隔年的夏天，王氏也給娟娘談成了一門婚事，中秋過後就把大女兒嫁出門了。對方是泉州的商家，買賣南北貨，女婿顧店面，不用親自去運貨，娟娘嫁過去可以幫忙記帳做生意，林惟慤對這門婚事很是滿意。

家裡多了一個嫂嫂，也少了一個大姊，一加一減，不多不少，可是阿默卻因爲離別而心生惆悵。每天都見面的大姊忽然不見蹤影，叫人好生想念。

秋風吹起，地上結霜，阿默獨自一人在麻黃林間徘徊，聽著呼呼的風聲，更加想念起大姊。

低頭走著，她發現地上有一隻凍死的小鳥，不禁心生悲憫，滿腔的愁緒化爲熱淚。她在林子地上挖個小洞，將鳥兒埋入其中，並且拿木麻黃的枝條做香，祭拜哀悼。

「可憐的鳥兒，請你安心的離去……」

擦去眼淚之後，阿默來到海邊，望著蔚藍的大海，心情舒緩了許多。

不久之後，林惟慤在吃晚餐時對阿默說：「你已經八歲了，我想讓你上私塾。」

「上私塾？」發出疑問的人不是阿默，而是洪毅和眾女兒們。

「女生不是都在家識字就好嗎？」阿珠問。

緞娘問：「不是只有大哥有資格嗎？」

林惟慤看看王氏，對大家說：「本來是這樣，但是阿默的資質不同，她不但過目不忘，靈性和悟力都很高，詩詞琅琅上口還能舉一反三。可惜科舉不給女人參加，要不然，難保我們家不出個女狀元呢！」

「是啊。」王氏也說。「阿默不讀書太可惜了，加上洪毅也成了家，需要跟著你們阿爹去工作，沒時間來教你們。我和你阿爹商量過，還是讓阿默去讀私塾的好。」

幾天之後，林惟慤就帶著阿默到私塾去拜師。

回家的路上，他問女兒：「從今天開始你要好好用功。」

「好。」

「爲了祝賀你成爲正式的女弟子，爹爹答應送你一個禮物。」

「好棒喔！」

「你自己選，想要什麼？」

「我，我想養一隻小狗。」

「喔！爲什麼？」林惟慤有點驚訝。

「我覺得小狗很可愛，很討人喜歡。」

林惟慤想起阿默出生那天的怪婆婆事件，他們林家欠小狗一份情，難道襁褓中的阿默是因此而對小狗有所感應嗎？

「沒問題。」他爽快答應，但終究沒有講出當天的怪事。

三、懵懂少女春心初長成

林惟愨託人打聽，很快在東村找到一條剛生產的母狗，分養了一隻小花狗回家。

阿默看見可愛的禮物，心都融化了，將牠取名叫「花花」。

每天阿默放學回家，花花都在門口搖尾巴相迎，這也是阿默最開心的一刻。然後她就會跟花花玩耍一會兒，再進屋去織布、繡花，夜裡再對著燈火複習課業。

有一天，阿默放學回家，見到劉阿和來拜訪。

「阿和叔！」她興奮地張開雙臂跑去擁抱，但一想到老師的教導，急忙停下來，退後兩步打躬作揖。

「哇！阿默不一樣了。」劉阿和讚嘆。

林惟慤和王氏在一旁看了，點頭微笑。

花花奔過來汪汪叫，阿默蹲下來撫摸牠，丟樹枝給牠撿，一邊聽見父親和阿和叔在聊天。

劉阿和說：「我聽說『女子無才便是德』，我不是很認同讓女孩子去讀書，像是武則天，讀了那麼多書卻搶奪了唐朝李家的天下，這不是造反嗎？現在天下亂成這樣，女孩子再讀書，不是又亂了？」

「哈！哈！阿和啊！我來問你，現在天下那麼亂，可是女皇帝、女大官、女將軍、女士兵搞亂的嗎？」林惟慤反問。

「這……」

「天下大亂是人心道德淪喪，人們的貪念野心造成，跟男人女人一點關係也沒有。」

「嘿！你說的是。」劉阿和搔頭說。「我沒唸書不識字，其實也不是很懂這些。不過我很好奇，這些學子們讀的是什麼書？怎麼讀書人那麼多，天下還是那麼亂呢？就拿北方的馮道來說好了，我聽說他連續在五個朝代都當大官，服侍過十一個國君，堂堂一個讀書人，既不忠君也不愛國，還大言不慚的自命爲『長樂老』，這不是無恥之徒嗎？」

林惟愨說：「你把事情想顚倒了，越多人讀書才會有越多人懂得人倫道義。天下會亂，那不是讀書害的，是沒有把書讀通，沒有把學問用在經世治國，造福鄉里。」

阿默自己跑過來說：「私塾裡的老師教的是詩經、書經、周禮、儀禮、禮記、易經、春秋、論語、孝經，合稱九經。」

「聽起來很有學問喔！」劉阿和表現出興致。

「你批評馮道說的沒錯，前一個國君遭叛變，馮道就帶著群臣去迎接造反的新主，連續五個國君都封他做將相三公，馮道的行爲確實遭人非議。」林惟愨說。「可是事情都有兩面，從另一面去看，馮道因此保住了許多人的性命，減少無辜百姓被犧牲，這也是功德一件。何況他大力提倡用官方的財力去刻印九經，普及到各國去，歷經二十二年不曾因爲改朝換代而中斷。今日的學子能讀到古人的經典，不能不說是他的功勞啊！」

「唉呀！亂啊！是非黑白，好人壞人，在這亂世當中眞難分辨啊！」劉阿和感慨。「不過小阿默越讀書越有禮貌，可見讀書還是好的。可惜我家阿明得跟著我去捕魚，我也沒錢讓他去讀私塾。阿默啊！難得你爹用心栽培你，你眞幸福，要好好用功喔！」

「我會的。」

阿默聽過這番論辯，從此更加堅定讀書的志向。

到了十三歲，儒家重要的經典均已讀完，繡花、織布也都好手藝。阿默有空的時候還會在家裡點香、插花、掛畫，把家裡布置得煥然一新，再燒水碾茶末，拿茶碗點兩碗茶，奉給爹娘品嚐。

林惟慤和王氏都歡喜，覺得讓阿默去私塾上學，非常值得。

阿默十四歲時，林惟慤幫她改名爲「默娘」，她就沒再去私塾了。默娘得了新名字，感覺像是歷經成年禮，增添了自尊和對家人的責任感。

這幾年，二姊緞娘、三姊霞娘、四姊舜娘都陸續出嫁，大哥也生了個女娃兒名叫阿枝。兩個姊姊也都生了小孩，默娘升級當小姑姑，也當了小阿姨，感覺自己成了大人。

慢慢的，劉阿和不常來了，換成劉明拿魚貨來送他們，尤其是釣到小卷的時候。五姊珠娘有所覺，故意虧劉明說：「你常常往我們家跑，是不是有什麼不良企圖啊？」

「哪有？」劉明裝傻。「是我爹派我來的。」

「你爹怎麼不自己來？」

「他很忙啊！」

「藉口。」珠娘瞪他一眼。

大家也都發現，劉明來的時候總愛跑去找默娘，有一搭沒一搭地說說話，久久不願離去。林惟慤看在眼裡知道意思，並沒說什麼。

有一天驟雨過後，劉明忽然來到林家，手裡捧著一隻折翅的燕鷗。

「好可憐。」默娘感到很不忍心，立刻接過去撫摸牠的羽毛。

「我跟我爹採石蚵的時候在岩壁邊發現的，可能是剛才的風雨將牠吹落，牠在岩石上掙扎，無法飛行。如果沒有帶牠離開，很快就會變成鷹鷲的食物了。」劉明解釋道，「送給你。」

「不！牠不是你的，也不是我的，牠的生命是牠自己的。」默娘糾正他的話。「我會好好地照顧牠，等牠復原了，立刻就放牠重回海上，回到天空。」

這一席話，讓劉明更加敬重默娘，忍不住深情地望著她。

默娘發覺了感到害羞，急忙說：「救人一命勝造七級浮屠，你今天做了善事，功德一件呢！」

「那有沒有獎品？」劉明俏皮地問。

「你想要什麼獎勵？」

「你教我讀書識字好嗎？」

「這……」默娘遲疑了一下，看看四周沒人，才小聲地回答：「好啊！」

「太好了，太好了。」劉明歡天喜地跑回去了。

那一天默娘把燕鷗養在一個大雞籠裡，切了幾塊魚肉餵牠吃，然後到房裡繡花。

哪知道一邊繡著月季花，繡著繡著，不自覺停下來發起呆。

劉明的眼睛眞好看哪！十八歲的他瓜子臉，高聳的鼻子，濃密的雙眉，寬厚的嘴唇。風吹日曬的關係，他的皮膚黝黑，閃著健康的光亮，襯著一口白牙和明亮的雙瞳，格外好看。

就是那雙明澈的眼睛，似乎能看透人家的心哪！

小時候他也常來家裡，跟著大家玩遊戲，打打鬧鬧。可不知從什麼時候開始，他總是有意無意的盯著我的眼睛看，看得我都不知所措了。

他清晰的眼白透出漆黑的圓瞳，仔細看去彷彿一對黑色天目碗，釉光深邃宛如夏夜亮出的遙遠星光。那裡頭好像藏著什麼祕密，讓人好想一探究竟。

他一直望著我的時候，我總不該也一直盯著他吧！似乎只能微笑以對了。可是，不該常常笑吧！我會不會讓他覺得我很隨便呢？如果是這樣，那該怎麼辦？

「默娘，想什麼呢？」嫂嫂喚她。

「呀！沒有啊！」她一抬頭發覺臉紅了，趕緊又低頭。

十四歲的她雖然懵懵懂懂，但似乎能體會當年大姊繡花時，感嘆「花開堪折直須折」的心情了。

從那一天開始，劉明就常來找默娘學識字，還帶點魚乾、蝦皮來，說是給老師的「束脩」。

默娘不敢常常直視劉明那好看的雙眸，正好兩人一起寫字讀書，有了共同注視的焦點，減少了四目交接的機會，相處起來還算自在。

讀書識字是好事，劉明也是個乖孩子，雖然孤男寡女同處一室，林惟慤和王氏也默許，不過林惟慤不止一次在默娘面前強調：「你的姊姊們嫁的不是官差、商人，就是士子。我們林家的女兒不嫁海上行船的人，這一點你一定要記得，也一定要做到。我是爲你好，行船人的妻子每天提心吊膽，苦苦等待，有一頓沒一頓的不說，不小心就當了寡婦，爲了你，爲了你將來的小孩，你不得不想遠一點啊！」

默娘當然知道爹爹意有所指，總回答說：「爹爹不要擔心，劉明雖然大我四歲，但他只是我的學生。更何況我根本不想嫁人，我要留在家裡當永遠的大小姐。」

「呵呵！別胡說，男大當婚女大當嫁，時候到了，我想留你也留不住的。」

就這麼把爹爹逗笑了，這話題就過去了。

那隻燕鷗剛開始有點怕生，但餵養了幾天之後已經馴服，兩人讀書前都會先拿點小魚去餵牠，看牠大口往喉嚨一吞，就非常開心，非常有成就感。

經過默娘悉心照顧，三個月後，燕鷗受傷的翅膀已經復原，趁劉明行船回來，默娘找他一同去放生。

那時已是黃昏，夕陽灑在湄洲灣裡，金光點點，波光粼粼，天上雲霞紫

紅斑斕，美麗無比。

默娘把燕鷗交給劉明，劉明卻又把牠交還默娘，兩人相視而笑。

「小小鳥兒，願你一去平安健康。」

默娘把兩手一放，燕鷗瞬間飛起，在彩雲間盤旋三圈才緩緩遠去。

默娘有點不捨，卻又替牠高興，彷彿心情飛揚，遨翔在天地之間的是自己。

「你現在了卻一樁心願了。」劉明躺在沙地上。

默娘也躺下來。一剎那海不見了，樹不見了，地也不見了，滿眼盡是連天的紅霞，雲朵抹了胭脂，外廓鑲了金邊，璀璨醉人。她耳朵裡只有劉明的聲音，腦子裡獨獨他的影像，默娘感覺輕飄飄的，宛如浮游在天堂。

「我不想當漁夫了。」劉明突然開口道。

「什麼？」默娘驚訝地轉頭看他。

劉明解釋說：「我知道你爹對女婿的要求，所以我不想當漁夫。」

默娘一聽，心頭小鹿亂撞，耳根一陣熱。「那麼你……」

「我跟你學了一些字，我想去泉州學作伙計，幫人記帳算數，再存點錢，自己做小生意。」劉明認眞地說，「這樣，你的爹娘就能接受我了。」

「可是你爹得抓魚，缺人手怎麼辦？」

「海上風險高，收入也不穩定，我也希望我爹爹不要多冒險了。你知道嗎？在我之前，本來有兩個姊姊，卻相繼夭折，我娘生下我之後身體不好，就沒再懷胎了。自從阿公阿嬷過世之後，有留下一塊薄田，平日我娘種點菜蔬，另外到岸邊採點石蚵、海菜，釣幾條小魚，即使父親不下海，勉強都能過活。我想先去學作伙計，等我成家立業，就接父母過去孝養。」

「阿和叔叔會同意嗎？」

「我還沒對他們說。」劉明眨眨眼睛，皺起眉頭，堅定地說，「我想等我再學好一點，把幾本經書讀熟了，背給他們聽，證明了我的才學，到時候再講，他們應該就會答應的。」

默娘心裡感動，卻故意裝起老師的口吻，教訓道：「你這個壞學生，平常都不用功，等你學好，得等到哪年哪月啊？」

「是，是，是，先生教訓得極是。」劉明跪起來。「請受學生一拜。」

默娘也莊重地盤坐起來，接受學生的禮節。

劉明高聲說：「一拜，一拜天地……」

「啊！你這壞小子。」默娘伸手打在他手臂上，一連好幾下。

「二拜……」

「哈哈！不准再拜了。」默娘笑翻了，連忙推阻他。

劉明不從，默娘跳起來，跑向他背後。劉明拜空了不甘心，也站起來追，兩人就在沙地裡胡亂追逐。

「哈！哈！哈……」

不知覺天已經黑了，星星垂在廣闊平緩的沙灘上，月光在翻湧的海波上流動，默娘才驚覺：「糟糕，我要回家了。」

「眞希望時間能夠止住。」

「別說傻話了。」默娘趕緊拍拍身上的沙塵。「你也快回去吧！」

「希望明天的太陽早點升起，我好再看見你。」

「呵！別說了，我走了……」
「好，明天見……」
「我走了……」
兩人嘴巴互道再見，但都依依不捨，在夜空下站成了一對互相凝視的雕像。
這一夜回到家，默娘挨罵了。
娘親說：「一個女孩子家，三更半夜才進家門，成何體統？虧你還是讀過書學過禮教的。罰你明天不准出門。」
默娘用悲憐的眼神向爹爹求救，得到的回應是：「以後再這樣，不僅不能出門，再罰兩天不准吃飯。」
默娘惹父母生氣，默默地流下眼淚。雖然難過，但劉明的聲音和影像佔據了心頭，又讓人心裡好暖好甜。
默娘想著想著，竟一夜難眠。
第二天，劉明沒有來找她讀書，默娘擔心他是否發生什麼事，好心慌。

可是不能出門，只能乾著急。

第三天早上，她直接跑到他家，發現他和家人坐在門前的大埕上補魚網，這才稍稍放心。

「你昨天怎麼沒來？」默娘關心地問。

劉明說：「昨天出海時，不知網到什麼大魚？還好牠及時鑽破漁網逃走，否則整條船都會被硬生生拖進海裡呢！你看，破這麼大一個洞，我和我爹從昨天補到現在，還沒補好。」

劉叔叔一臉神祕，「那八成是海怪，我一呼喚晏公的名號，那海怪就逃走了。」

劉大嬸雙手合十，對天拜說：「感謝晏公幫忙，感謝晏公。」

默娘一看那個洞大如車輪，佩服地說：「我常聽人說晏公的神蹟，說海上如果遇上海怪，只要呼喊晏公的名號，晏公就會來幫忙驅趕，原來都是真的。」

劉叔叔說：「可惜！沒有魚貨可以送你們，更別說小卷了，你看這漁網破成這樣，不趕快修補好，未來幾天可得餓肚皮了。」

「我可以幫忙補。」默娘說。

「你會嗎？」劉明問。

「我會織布。」默娘傻笑。

「那不一樣啦！」

「嘻嘻！我也知道。你教我，我就會。」

劉明覺得好窩心，看看父親和母親，再看看默娘，甜蜜的微微笑。

有了默娘幫忙，漁網提前修補完成。劉明小聲地對默娘說：「我有話要跟你說，你先到海邊那顆大石旁去等，我一會兒就去找你。」

「好。」默娘先行離去。

不多久，兩人又碰面。

「這個送給你。」劉明拿出一塊木雕。「我自己刻的。」

那是用漂流木刻成的小鳥，跟那隻燕鷗一樣，尖長的嘴巴，張開的長翼，栩栩如生。

「哇！好漂亮。」默娘接過來。

「其實昨晚我有空可以去找你，但我要趕快完成這個作品，就連夜雕刻它，現在正好你來了，就直接給你。」劉明誠懇地說。「我沒有錢買玉珮，這就當作我倆的信物。」

「信物？什麼信物？」

「你知道我的意思。」

「不行！」默娘婉拒，把木雕還回去。「我們家的女孩都是遵從父母之命，媒妁之言，不可自己互許終生。」

「收下吧！」

「我怕家人發現，會挨罵的。」

「就當是我倆的祕密，好嗎？」劉明又把木雕交過去。「求求你！」

默娘沒再推辭，看著前方那雙濕潤潤的眸子，她默默地把信物藏進了袖子裡。

四、發願助人顯善心

冬季時北風呼嘯，浪高而寒冷，不適宜出海。夏天又常有颶風，狂風豪雨的海象更為驚險。漁民們一年四季適合捕魚的時間不多，每每天氣一好就急著出海。

就像滿月這一夜，風平浪靜，眞是難得的大好天氣，劉明又跟著父親和叔叔出海捕魚了。

船行到閩江口南方，捕撈到許多魚貨，不止肉魚、秋刀魚、臭肚魚，還有鯛魚和鬼頭刀，滿滿載了一船，樂得劉阿和與劉阿財合不攏嘴。

劉明心中惦記著默娘，歡悅地說：「太棒了！今天可以提早回家，明早還能去讀書。」

「喔！不夠不夠。」劉阿和笑容滿面地說，「滿船的魚，獨獨缺了默娘愛吃的小卷，等我釣幾隻回去，讓默娘開心開心。」

劉明一聽，連忙準備釣竿餌具，拿給父親和叔叔。

不一會兒，劉阿和釣到一尾，笑開嘴。這時船隻卻出現晃動，劉明抬頭不見任何怪異，忙放下釣具回頭看，竟看到海面上有隻龐然大物，正在翻攪海水。月光下，那怪物是白色長條狀的，身粗如巨桶，長如青龍又非龍，時而昂頭，時而甩尾，在空中翻起漫天水花。

船隻搖晃越加劇烈，劉明一個不小心重心不穩，跌進海裡。

「啊！」劉阿和驚慌不已，急忙把釣竿伸進海中，讓劉明抓住。

那海怪還未停歇，連番三個迴旋製造出一個大漩渦，使得船隻被牽引而繞圈圈。劉明沉進海水中，立刻又浮上來游泳，看見釣竿急忙抓住，漸漸地被爹爹和叔叔拉上去。

就在劉明安然爬上船時，船身一個大傾斜，許多魚貨摔出船外，劉阿和也跟著掉入海中。

劉阿財趕忙把釣竿伸過去，不料劇烈地晃動使他左搖右擺，他趕緊抓住

一旁船身，手上的釣竿卻因此滑脫，掉入大海之中。

劉明壓低身子努力再取來另一隻釣竿，卻只見爹爹被那個大漩渦吸進去，急得他大聲哭喊：「救命啊！晏公救命啊——」

劉阿財也大叫：「晏公救命啊！求求你晏公，求你快救命啊！我大哥被海怪捲走了。晏公啊……」

哭喊了十幾聲之後，水花沒了，漩渦消了，海波平了，一切彷彿不曾發生，然而萬里汪洋卻不見劉阿和浮上來。

劉明和劉阿財心急如焚，卻束手無策，茫茫大海，深深黑夜，哪裡去找人呢？

「爹——爹——爹——你在哪裡——」

「大哥——大哥——大哥啊——你快出來呀——」

不久終於在百米遠處看見漂浮的人影，兩人大喜，急忙划船過去救人。

然而就在距離人影二十公尺時，冷不防從船頭前方冒出一條白色巨蟒，差點將船掀翻，驚得劉明和叔叔趕快抱著船邊，一身冷汗。

沒等他們喘口氣，那巨蟒縱身打在水面上，船身又是一番搖晃，瞬間潛遁而去。

海面上的人影被捲進水流中，「啊——爹……」

「大哥……」劉阿財放聲大叫。

等回神後，任憑他們喊破了喉嚨，哭紅了雙眼，劉阿和終究沒有再出現。

一直到天亮，叔姪兩人才失魂落魄地駕船回到湄洲島。

「哇……哇……」劉家響起嚎哭聲，聲聲淒厲，鑽人心肝。

噩耗很快傳遍村子，林惟慤帶著家人前往劉家慰問，大埕上已經圍滿了人。

劉大嬸縮靠在牆角捶胸頓足，大聲哭罵：「哇……你這死阿和，你怎麼不趕快游走？你怎麼不小心要掉下海去呢？放我們孤兒寡母怎麼活下去？哇……我也去死死算了，你這死阿和啊，哇……」

劉阿財和劉明跪在一旁啜泣，在林惟慤的追問下，劉明哽咽地重述了事發的經過。

默娘知道後，雙腿一軟，嚎哭起來：「嗚……嗚……都是我的錯，阿和叔都是爲了釣小卷給我吃，才會延後回航而碰到海怪，嗚……都怪我，對不起，對不起……」

劉明跪在地上，牽起默娘的手哭說：「這怎麼能怪你？這全是那海怪的錯啊……」

劉明的體貼反而教默娘覺得罪孽深重，更加自責。

兩天後，林惟慤領著家人來爲劉阿和辦喪事。拿他平日的衣物在海邊設一個衣冠塚，立墓碑，並請和尚來誦經，爲他超渡。另外也同劉家人商量以後的家計，劉阿財還想再去行船，劉大嬸說什麼也不同意。

「我把船賣了，看你怎麼去捕魚。」她堅決地說。「阿財，將來你也要娶媳婦，你忍心讓她當寡婦嗎？」

林惟慤說：「阿財，我去打聽哪家員外需要長工，介紹你過去。你就不要再捕魚了。」

劉阿財只好低頭屈服。

劉大嬸回頭殷殷地對劉明說：「阿明，你留在我身邊，我們有一畝薄田，種點青菜什麼的，再去採點海菜、石蚵、蛤蜊，三餐也能塡肚子，日子苦一點無所謂，平安就好了。」

劉明說：「娘，你放心，我不會再出海，我不會讓你擔心受怕了。」

「好孩子，我的好孩子，嗚……」劉大嬸抱著他，感傷落淚。

劉明徹底放棄到泉州當伙計，學做生意的計畫了，一心只希望母親能有依靠，能安心。

一切處理完畢，眾人歸去喪家除穢，默娘卻獨自跑到海邊，憤怒地對著大海吶喊：「我林默娘，對天發誓，我自願減壽三十年，給可憐的漁人們添福壽。日月明鑑，大海作證，請助我達成心願。」

海吹吹拂，將這些話傳播廣遠，傳到空中，傳到陸地，也傳進了海中。

螻蟻尚且貪生，凡人也都是貪生怕死之徒，甚至爲了求生延命而不擇手段，壞事做絕。現在居然有人自願爲別人減壽，這是天地間少有聽聞的大消息。更何況，若是為至親父母子女而減壽的，還在情理之中，而這女孩子竟然願意為不認識的眾多漁民求添福壽，而且是犧牲自己的壽命相抵，這更是奇聞中的奇聞了。

有一隻百年巨蟹在附近海域游走，聽見這番奇言覺得新鮮，便潛進東海龍宮，向龍王報告。

河口處有一條百年鱸鰻，聽聞風中有奇異的心願，好奇不解，也趕往上游向湖神回稟。

當天夜裡三更，湄洲島又傳出此起彼落的狗螺聲。

「嗅——嗅——嗅嗚——」

「嗅——嗅——嗅嗚——」

人們被吵醒都十分害怕，卻只能緊閉門窗，不敢外出察看。

到了黎明前，萬籟俱寂，島上卻寧靜得十分詭異。

「啊——」晨曦中傳出有人悽慘的尖叫。

接著人們紛紛發現，海岸上到處橫躺著狗兒的屍體。而且每隻小狗都口吐鮮血，像是中毒暴斃。

默娘醒來後，怎麼也找不到花花，直到聽聞消息之後，焦急地趕往海邊尋找。

她終於在防風林的外邊找到花花，只可惜是牠的遺體。

「花花……花花……是誰？是誰這麼可惡？」她手裡握著拳頭，內心充滿了困惑和憤恨。

她抱起花花，將牠埋進林子裡。

一連兩個親密的生命消逝，默娘內心悲痛萬分，卻再也哭不出聲了。

湄洲島上人心惶惶，大家聚在一起議論紛紛。

有人說：「狗兒暴斃一定是海賊做的，目的就是讓島上失去狗兒看守警戒，他們好隨時上岸來掠奪。」

有人說：「不一定是海賊，我猜有可能是海怪食髓知味，吃掉了劉阿和，還想吃其它人，因此先把狗兒毒死，牠再慢慢過來，把人一個個吃掉。」

這話一出，大家都吐舌頭，面露驚恐。

「不，不，你這話有問題。」有人反駁。「海怪想吃人，需要先毒死狗嗎？何況，牠爲何不吃掉狗兒，而是毒死牠們呢？」

「狗肉不好吃，人肉好吃。」有人說。

「你怎麼知道？你都吃過嗎？」

那人又說：「你怎麼問我呢？我當然沒吃過，我又不是海怪。」

說來說去，還是海賊的成分比較大，林惟愨決定加強島上的防備。他召集島上的壯丁，組織陸上的守衛隊和海上巡防隊，在日落之後輪番巡邏。

不知是否守備堅強，如此壯大的聲勢奏效了，一個月過去，都沒有海賊的蹤跡，也不曾再發生怪事，大家才稍稍放心。

但又過了半個月，有一天林惟愨和洪毅跟班員們出海巡行，經過二十幾天卻還沒歸航，讓家人非常擔心。王氏和珠娘，時不時就站在門口翹首盼望，默娘和嫂嫂也跪在觀音菩薩聖像前虔誠的祈求，希望大家早日平安返家。小阿枝也哭著要阿爹要阿公，搞得全家人心煩意亂。

難道是遇上海賊，受到埋伏，遭到殲滅？還是碰到海怪，被狂浪捲入海中，葬身海底？甚至是被海怪吞噬，屍骨無存？

默娘想到這些可能，擔心到全身發抖。還好那幾天劉明都來陪伴她、安慰她，多少分擔了焦慮和緊張。

總算在一個月後，全部的人都平安回來了，家人奔向爹爹和洪毅，彼此相互擁抱，喜極而泣。

林惟慤說：「唉！讓大家擔心了。本來巡航完畢要回來了，誰知道搞錯了方向，竟然航往流求（現在的台灣）去了。」

「怎麼會這樣呢？」默娘急切地問。「是不是遇上海怪？」

洪毅說：「不是的，那些天雲層很厚，夜裡也是一樣，天上沒有星象可以導航，白天又起大霧，分不清方向，我們迷迷茫茫的，不知開往哪裡去。」

林惟嶅又說：「這一回我們很幸運到了流求，添補淡水和物資，才得以平安回家。如果在海上漂流太久，淡水喝完了還找不到陸地，情況就會很糟糕。往往我們發現漂流的船隻，上去一看，船上的人都已經渴死，化成骷髏了。這是海上航行常見的災難，年前東村就發生過，去年泉州、福州、漳州也發生過好幾起。」

洪毅說：「可惜岸上的人不知道海上的情況，如果有人能在岸上點個火把，我們就比較容易找到回航的方向了。」

「我。」默娘急切地舉手說，「以後我每天晚上去湄峰點火把。」

「並不需要每天啊！」林惟嶅說。「你不用睡覺嗎？」

「不，我可以每天去，我不怕辛苦。比起擔心憂慮，少睡一點根本不算什麼。」默娘又說，「而且，沿海附近其它船隻也能看見，能夠因此安全歸航。」

林惟嶅感佩地笑說：「我家的默娘，總是爲別人著想啊！」

從那天開始，默娘日入而息，到了子時便起床，點燃火把，到湄峰上引航，直到黎明爲止。漁民和船家經過附近，遠遠地望見岸上火光，都感到安心。

平常日子如此，有風有雨時更需要火光指引，因此默娘在湄峰上搭建一座草寮來遮蔽風雨，讓火把不熄。而風雨狂盛的時候，她會加強柴薪的量，營造一團更大的火焰，好使海上人們確認目標。這時，她會在一旁默唸：「南無大慈大悲救苦救難廣大靈感觀世音菩薩，摩呵薩。」盼菩薩保佑船民。

每天看著大海中起起伏伏的漁火漸漸靠岸，默娘才會放心。

有一次，連續三天風雨，默娘太過疲累，不知不覺在火團旁睡著了。她看見自己飄入祥雲彩霞之中，眼前有一位全身珠寶瓔珞，衣裙飄飄的人，從瓶中拿出楊枝對她灑水。她身上沾滿清涼的水珠，心情無比舒爽。

「是觀世音菩薩。」默娘驚喜，跪下參拜。

菩薩說：「林默娘，你的愛心，你的行動，我都看見了，也非常佩服。

可惜你一身凡胎俗骨，能爲黎民百姓做的實在是有限。」

「求菩薩幫忙，讓我去幫助更多人。」默娘誠心懇求。

「唉！看看世間人爭權奪利，彼此算計，爲了自己不惜燒殺擄掠，你爭我奪，惡事做盡。有點良心的人不願隨波逐流，就隱居到山林裡獨善其身，人人自掃門前雪，不管他人瓦上霜。獨獨你有這份博愛的心，想要利益眾生，幫助別人，我豈有不幫助你的道理呢？」菩薩感慨地說，「明日午時，你且到觀音廟旁的市集等候，有人會傳給你眞功夫。」

「太好了，謝謝菩薩。」

話才說完，默娘猛然從夢中驚醒。她急忙站起來看，一旁的火還很旺盛，風雨已停，遠處的漁火也都靠近了，不禁悅然而喜。

回想夢中所見所聞，她半信半疑地期待著天明的到來。

隔天正午，她依約來到市集，不時望向天空，料想菩薩會從天而降，爲她加持灌頂。無奈，豔陽高照，晴空中只有白雲數朵，連一隻鳥兒也沒有。

「林默娘。」忽然背後傳來叫喚。

她轉身一看，是一位滿頭白髮、白眉、白鬚的老人，匝髮髻，穿道袍，手持蒲扇，一副仙風道骨的模樣。

「我乃玄通道長。奉觀音菩薩之命，前來傳授你『玄微祕法』。」道長從懷中取出一本厚厚的書冊。「這裡頭記載了風水、醫術的秘笈，還有觀測星象和修身練氣的功夫，你要好好學習。」

「請問道長，聽你說來，這裡面的學問很多，不知我應該從什麼開始學起呢？」

玄通道長回答：「你得先讓自己身體健壯，才能去救助別人，因此需先修身練氣，方能延年益壽。接著，你如果想幫助漁民，就得學會觀天術，才能提前知會他們避開風雨。還有，如果你想要救天下人的命，就要學醫懂藥，採草製藥。」

「謝謝道長。」默娘收下書本，當眾下跪。「請受弟子一拜。」

這一拜下後抬頭，道長已消失無蹤。

默娘感到驚奇，興致因此更加高昂，隨即進入觀音廟內，在廊簷下翻閱起來。

每天晚上，默娘前往湄峰頂都帶著「玄微祕法」，記誦實踐，學習打坐。

原來人體的健康由精、氣、神組合而成。原來人體經穴有奇經八脈，原來用丹田練氣可打通小周天循環，而且能配合宇宙的大周天循環，達成「天人合一」的境界……

這本書開啓了儒學「九經」之外的另一片天空，帶領默娘開始領略肉眼所不可見的神祕境界。

有一天劉明沒來找默娘，默娘到他家去察看，發現他感染風寒。

依照祕法中的醫書所載，爲病患看診有四步驟：望、聞、問、切，她一一實行。劉明咳嗽不停，頭痛發熱，胸背疼痛，她爲他把脈後，認定是風邪作祟，決定在他背後「風邪出入之門」的一對風門穴上進行針灸。但她自忖還不太會用針，因此拿出乾艾草，點燃後在穴位上方熱灸。又擔心效果不夠強，灸了一次，又再一次。

隔天再來查探病情，劉明退燒了，精神恢復許多，可是唉唉喊痛。

「哪裡痛？」默娘好擔心。

「背，背。」劉明手指著背後。「本來沒有的，今天才開始。」

默娘幫他脫下衣服，才發現是兩個大水泡。

默娘滿臉愧疚，「沒想到昨天熱灸太久，反而傷燙了皮膚。」

她又研究秘笈找來草藥，搗碎後敷在上面，幾天之後便痊癒了，但背後留下兩道圓圓的傷疤。

「真抱歉。」默娘還怪著自己。

「不會，我反而覺得醫術挺有趣的。」劉明笑著說。

五、修練祕法驚見奇異怪象

幾天之後，默娘自己在房裡打坐，眼觀鼻，鼻觀心，調節呼吸，氣下丹田，勻和漸漸如龜息。她進入空無的世界，憑空自在，妙不可言。

不多久，似乎有聲音傳來，她不願隨聲音而去，卻已脫出了剛剛的純美之境。就在微微嗔怨的當下，腦中竟出現奇異的景象——

「噢——噢——噢嗚——」

暗夜裡，許多狗兒昂起頭，對著天空吹著狗螺。

隱約看見有男子提著一大桶的肉，出現在海岸邊。

狗兒聞香而來，越聚越多，男子一一餵牠們吃肉。

狗兒們大快朵頤之後，紛紛暴斃而亡。

想仔細看清那個人，卻只見背影，穿著白衣。

滿沙灘的狗屍中，默娘看見花花躺在林子旁邊。

她抱起花花，一時激動落淚，從中驚醒——

啊！是夢嗎？可是我剛才並沒有睡著啊！難道那是眞實發生過的情景？那個白衣男子是誰？我剛才那樣算是入定了嗎？如果眞如書中所言的入定，爲何又會出現怪異的景象？那是所謂的走火入魔嗎？

對了！剛才那陣聲音是什麼？

她側耳傾聽，果然聽見有人講話的聲音。她站起來，來到房門，看見是劉明來了，正和五姊珠娘在聊天。看他們聊得很開心的樣子，不知在聊些什麼？她躲在門後，靜靜看著。

「我不好嗎？」珠娘調皮地問，「爲什麼每次都來找我妹？卻都不找我。我才小你兩歲，默娘小你四歲，我們年齡相近，不是會更有話聊嗎？」

「默娘是我的老師，我們在讀書學習，我們……」劉明顯得有點侷促。

「我知道啦！你是嫌我長得不好看。」珠娘嘟起嘴。「哼！」

「沒有，沒有，我從來沒有這樣想。」劉明趕緊否認。

「我就知道你從來沒有想過我。」珠娘白他一眼。

「啊！這，我該怎麼說呢？我……」劉明手足無措，額頭開始冒汗。

「不能這樣說，我們，我……」

「那你覺得我漂亮嗎？」珠娘翹起下巴。

「漂亮啊！」劉明急忙澄清。「珠娘長得很漂亮，眞的，非常漂亮。」

「你騙我，如果我眞的很漂亮，你爲什麼不喜歡我？」

「不，我們不可以，不，我和默娘，我們……」

劉明欲言又止，珠娘竟然低頭假意啜泣。「你騙人，你明明覺得我很醜，嗚……你騙我……」

爹爹和洪毅不在家，想必娘親和嫂嫂都在灶房裡忙，珠娘才敢這樣大膽亂來。

「咳——」默娘刻意大聲咳嗽，然後從門後走出來。

劉明如釋重負，抹去汗珠，急忙靠過來說：「默娘你起來了，太好了。我剛才叫你，你都沒有回應，我就不敢去吵你了。」

默娘裝得若無其事地說：「呵！是嗎？看來，我也不該來吵你們啊！」

珠娘揉揉眼皮，笑說：「我是在幫你測試劉明的忠誠。」

「是嗎？那麼，我該謝謝五姊了。請問有沒有通過測試呢？」默娘口氣有些不好地問，「劉明，珠娘那麼漂亮，非常漂亮，你爲什麼不喜歡人家呢？」

劉明一聽，心中湧起怒氣，二話不說，奪門而出。

「呵呵！默娘，你別生氣啊！我只是跟他開開玩笑。」珠娘陪笑臉。

默娘抬起下巴：「我無所謂啊！你如果喜歡，就讓給你。」

「別這樣，別放在心上嘛！」

珠娘說完，趕緊開溜，留下默娘在那兒生悶氣。

可惡的劉明，爲什麼不直接對珠娘說清楚兩人的關係？難道對我的感情不是確定的嗎？就經不起那麼一點小小的考驗嗎？而且自己犯了錯，還抬什麼架子？生什麼氣？我都還沒開口罵，就氣呼呼地跑走了，究竟是誰做錯事啊？

那時開始，默娘與珠娘疏遠，見了面也故意不講話。過了兩天，她的氣稍微消了一些，但仍無法釋懷，覺得自己爲劉明付出那麼許多，他不該讓她傷心才對；可是回頭又想想，自己是否太小心眼，不夠大器，需要爲這種事生氣嗎？就這樣矛盾掙扎，患得患失，時時刻刻爲此煩惱。

幾天後，劉明來找默娘。默娘表情冷漠，故意不理會他。

「不要生氣了嘛！求求你。」劉明姿態擺得很低。「事情過去就算了，不要計較了啦！」

默娘受不了，埋怨說：「呵！說的好像我很小家子氣，很愛計較似的。明明是你跟珠娘在打情罵俏，還怪我生氣，你很偉大，簡直跩得不得了。」

「對不起，我那一天不應該生氣。可是你不懂，」劉明澄清道。「我氣的是，你應該要對我很有信心才對，我把眞情都給了你，爲什麼在我有難的時候，你不來幫我解圍就算了，還用話來挖苦我。那分明是在懷疑我的眞誠，我當然生氣了。」

「有難？」默娘委屈地問。「你有什麼難？你還誇獎她非常漂亮呢！」

「唉喲！我快要被你氣死了，你看不出來你家珠娘在吃我豆腐嗎？我那時十分緊張，他問我愛不愛的，又問我們的關係，當然我的心裡只有你，可是那是我們的祕密，我不能說。我又怕說錯話得罪他，自然也就附和她，讚美她漂亮。不然你教我怎麼辦？她長得也不醜，我能亂講嗎？」

看劉明皺起眉心，忿忿而無辜的模樣，默娘也軟化了。

「好吧！」默娘低頭。「以後你下午再來，我上午要修練，不要互相干擾，也可避免產生誤會，好嗎？」

劉明牽起她的手，默娘牽起他另一隻手，兩人笑笑地瞪著彼此，又好在一起了。

為了這件事，默娘耽擱好幾天練功的時間，等事情過後，又能專心修練了。

根據「玄微祕法」所載，金、木、水、火、土，五行相生相剋，配合時令節氣，星象、水流與風向，可以推測未來三天的陰晴雲雨。默娘覺得這對海上漁民來說實在是太有幫助了，因此專心苦讀，發憤研究。

一個多月後，漸漸領略了其中的奧祕，默娘開始預測天氣，同時記載並驗證，幾次之後都準確無誤。

有一天傍晚，她跑到村子的漁家，一一告知：「大家注意，明後兩天，千萬不要出海，會有一個非常猛烈的大颶風從東海經過。」

漁夫孫阿翔不信，「眞的嗎？現在天氣清朗，萬里無雲。你沒看夕陽西下後，月亮都出來了，旁邊的星星一顆顆也非常明亮，無風無雨，也完全沒有火燒雲，根本沒有颶風的前兆。」

默娘解釋：「那個颶風是由南往北直撲高麗和日本，離我們這兒很遠，所以看不到它的跡象，可是一進東海就會遭遇狂風暴雨，非常可怕，千萬不要下海啊！」

「不下海，拿什麼吃？」孫阿翔氣憤道，「這種好天氣，不下海的才是傻子。」

其他人半信半疑，孫阿翔則是一入夜就背上漁網，點了漁火要出航。默娘再三勸阻，他卻怎麼也不聽勸，執意前往。

那兩天從湄洲島往東望，天氣晴和，萬里無雲，可是孫阿翔一直沒有回來。他的妻子和小孩十分擔憂，只得在海邊殷殷苦候。

不過等候終成空，三天、五天、十天都過去了，孫阿翔依舊不見蹤影，家人焦急得不得了。一個月後，有人在海邊撿到一隻船槳，頂端寫有「孫」字記號，他的家人才悲傷地放棄希望。

從那天開始，漁民在出海前都會來詢問默娘的意見。默娘說天氣好，大家才出海，出海以後也都能順利捕魚，平安歸航。因此大家都很感謝她，常會送點海產過來。

但幾次順利之後，也有人遇到驚濤駭浪，陷於險境，久久才脫困。

有一天，林子邊的李家問過默娘，得知是好天氣的預測後，興致勃勃地出海。誰知道平靜的海面上忽然翻起大浪，把他家的外甥搖入海中，等救起來時，人已經溺死了。為了這件事，村民們又難過又擔憂，一起去找默娘問個清楚。

李老頭問說：「爲何天氣好好的，還是會遇見海浪翻濤的怪事，難道又是海怪作亂？」

他的兒子說：「聽說遇到海怪，求晏公相助會有靈驗，可是我們求晏公沒用，求龍王也沒有用。」

默娘自責道：「很抱歉，我的能力太弱了，我只會推測天氣，無法知道海怪如何作亂，我也沒有能力阻止牠，只能請大家多多小心。」

「聽說害死劉阿和的海怪有血盆大口，翻翻身子就是波濤巨浪。」

「聽說海怪像是一條蟒蛇那樣，身體像木桶那麼粗。」

李家人繪聲繪影地說著。

還有人說：「去找劉明來，他看過海怪，我們仔細問他。」

默娘內疚地說：「問了劉明又有何用？只是害他徒增傷心。」

大家無言以對。

默娘嘴裡說著海怪的同時，一眨眼，靈感充滿胸腋，腦中出現了奇特的畫面——

一條白色巨蟒從林中冒出，前方是一隻山豬死命奔逃。

巨蟒一奮起，以迅雷不及掩耳之速咬住山豬，並將牠捲曲窒息。

巨蟒吞下山豬，不久又吐出來，山豬已成團團模糊血肉。

巨蟒消失，忽然有人現身將豬肉裝進木桶，他的衣服上因此沾染黏液和鮮血。

那個人，也是白衣男子。默娘想仔細分辨他的長相，影像卻越來越模糊……

六、金甲武士冒出水井贈銅符

默娘無時不希望功力能再增進，每次練功都非常用心，並且默禱，求觀音菩薩能再幫忙她，爲她加持。

嫂嫂生下女兒阿枝之後，曾經懷過三次胎，但都沒能保住，流產了。那時默娘還不懂醫理，王氏只是道聽途說，抓些藥來給媳婦吃吃，就當是補過身子。

默娘修練「玄微祕法」之後的半年，嫂嫂又懷了身孕，默娘回算受孕時間，對照當天星辰，算出有男胎的跡象。不過這一胎仍然不順利，嫂嫂害喜嚴重，後來胎動血漏腹部疼痛，默娘一旁看顧，爲她把脈治療。

「阿膠、川芎、甘草各二兩，艾葉、當歸各三兩、芍藥、地黃各四兩，酒水煎……」她思索著「玄微祕法」裡的經產之說，斟酌嫂嫂的體質，開了這樣的處方。

嫂嫂服下之後，身體漸漸復原。等一切平穩之後，她又用當歸、川芎、芍藥、黃芩、白朮來安胎。

劉明來找默娘時，對這些處方十分好奇，「聽說當歸補血調經，川芎活血行氣，芍藥也是養血調經，但爲何要加入黃芩和白朮？」

默娘答說：「懷妊宜清熱涼血，血不妄行則胎安，黃芩養陰退陽，能除胃熱；白朮補脾，也除胃熱，脾胃健則能化血養胎。而當歸使用更要小心，它對子宮有雙向作用，熬煎時應該在停火最後半刻前才下，不能久煎，久煎排惡露，反而增加流產風險。」

「原來還有這層道理，看來藥理眞不簡單。」

「如果你有興趣，我可以教你。」

「太好了，學點藥理，我可以給我娘補補身子。」劉明擔心地說，「自從我爹走後，我娘常常鬱鬱寡歡，吃不下也睡不多，整天在田裡拚命工作，似乎故意用勞動來忘掉煩惱，可是身體日益消瘦，講話變得有氣無力。」

「氣屬陽，血屬陰，氣爲血之帥，血爲氣之母。當歸、阿膠、首烏、熟地黃補血，人蔘、黃耆、白朮補氣。」默娘沉思道，「這樣吧！等會兒，我隨你回去，幫嬸嬸把脈抓藥。」

「太好了。」

那天替劉大嬸診脈過後，默娘開了藥方，隔天劉明抓藥煎服後，劉大嬸的精神氣力便好多了。之後默娘便利用練功之餘，將所學醫藥之理傳授給劉明，劉明受到啓發，自己也會買些醫書來看。

果然十個月之後，嫂嫂順利生下第二個孩子，而且是個男生，取名阿吉。距離洪毅出生足足有三十年，林家添了男丁，全家都非常高興。尤其是林惟慤和王氏，彷彿自己老來得子一般，異常興奮，因此昭告至親好友，滿月要擴大慶祝。

這一個月來，天天有親朋好友上門道賀，全家也爲著籌辦滿月酒做準備。先是林惟慤帶著洪毅到泉州買回二十甕的黃酒、三十斤大米、十斤果乾，珠娘、默娘和王氏也到海邊採集石蚵、海菜，連同向漁民購買的小魚、蝦米和小卷等，曝曬成乾。林惟慤還挨家挨戶地去問，是否有成熟的雞鴨可以購買，務必讓喜宴的菜色更加豐盛。

在默娘的悉心調理下，嫂嫂奶水充足，阿吉吃得白白胖胖，見到人也不怕生，咯咯笑著要人抱，眞是人見人愛。

滿月酒宴那天，出嫁的姊姊們都回娘家來慶賀，還帶了孩子們回來看外公外婆。林惟慤共有十多個孫子孫女，家人難得相聚一堂，處處洋溢笑聲。親戚朋友也都來恭賀，擠得屋裡屋外鬧烘烘。

餐宴之後收拾完畢，孩子們在大埕上玩，男人在廳堂裡談論時局政事，姊妹們久沒見面，拉著王氏到內屋去聊天。一開始她們哈拉哈拉大聲談笑，慢慢地聊起婆家的是非，就唧唧促促地越來越小聲了。

大姊娟娘和母親王氏很像，連生了五個女兒，但是王氏頭胎就生出男生，大姊卻生不出兒子，備受婆家白眼冷落。

她哀怨地說：「唉！我不是生不出男孩，我流掉一個胎，都有形了還看得出來是男孩呢！可是我眞希望不要懷過這個胎，因爲這件事，我公婆對我

非常不能諒解，怪我懷孕時貪玩好動沒有好好地躺著養胎，又怪我這個不吃，那個多吃，害死他們的孫子。天知道，我懷那些女孩時不都一樣吃喝拉撒睡，是那個男嬰跟我無緣，我有什麼辦法，這是命啊！他們天天責怪我，給我冷眼，把我當殺人兇手了，這有天理嗎？」

二姊緞娘嫁得富貴官家，生了兩男兩女，但二姊夫娶了兩個小妾，讓二姊心裡很不好受。她勸說著：「大姊，你要知足了，至少姊夫對你是有情義的，沒娶小的進門。你看我丈夫色膽包天，一個妾不夠，還娶第二個。」

「至少你有兩個兒子，在家有地位了。」大姊羨慕地回應。

「不！別以爲生了男孩就有地位，告訴你，我的地位岌岌可危。你們知道嗎？第一個妾阿雀進來的時候，我就倍感威脅與冷落，相公看都不看我一眼，我簡直恨死阿雀了。第二個妾小雲來了以後，我已經不在乎相公對我的態度了，但我發現阿雀開始對我軟語溫言，想籠絡我。我表面上跟她好來好去，其實只想好好調教小雲，讓她怕我敬我，再和我一同去對付阿雀。」

「這樣不好吧！」默娘勸說，「勾心鬥角的日子，很辛苦的。」

「我沒辦法，我是不得已的。」二姊無奈地說。

三姊霞娘說：「你們都很好了，哪像我，今天原本是不能回來的。」

她生有二子一女，丈夫是獨子，公公早逝，婆婆一手把兒子帶大。默娘聽王氏說過，他們孤兒寡母相依爲命久了，對霞娘這位外人異常嚴苛。

霞娘無奈地說：「我婆婆嚴格限制我不准回娘家，平常講話對我尖酸刻薄，咆哮辱罵更是家常便飯，如果惹她生氣，她還會捏我耳朵，拿藤條教訓我，我相公當沒看見，我滿腹的委屈只能往肚裡呑。這次是婆婆自己娘家人七十大壽，她必得和我丈夫前去祝賀，來回要六天，所以我趁這機會拿私房錢買肉乾，偷跑回來。你們千萬不要讓她知道，不然我可能會被她打死。」

四姊舜娘一旁沉默不語，她出嫁三年生有一男一女，丈夫常酗酒打人，她因而遍體鱗傷。

王氏說：「舜娘，他最近還常打你嗎？」

舜娘搖搖頭，卻是眨著眼睛，些微哽咽地說：「他最近……吵著要討小妾，我以後會更沒有地位……」

話沒說完，舜娘掩著臉，開始啜泣，大家紛紛安慰她。

眞是家家有本難念的經，默娘聽著，覺得女人眞可憐，天天得看婆家臉色過活。難怪說女人是「油麻菜籽命」，落到好田就長得好，落到壞田就憔悴枯萎，若是落在磚瓦上，那是死路一條，就看運氣好壞遇上什麼人家。

大姊看氣氛低迷，開始轉移話題到孩子身上。

「我家老大已經會繡花了，想當年懷她的時候，可把我害慘了，頭暈、嘔吐、肚子漲、便秘、全身痠痛……」

「我家小的最讓我操心，有一次受風寒咳嗽，咳了三個月都不好，咳到脹紅臉，咳到五臟六腑都要掉出來……」

聊到育兒經，姊妹們又是你一言我一語，聊個不停。雖然也有好笑和欣慰的事，但更多的是辛酸和牢騷，沒有一個不是整天繞著兒女們團團轉。

「對了！」二姊好奇地問，「怎麼沒看到劉明？他沒來嗎？」

「不能來。」珠娘說：「劉明還在守喪，不能參加喜宴。」

大姊也問：「我聽說阿和叔叔被海怪吃掉了，是眞的嗎？」

存。」

默娘傷心回答：「不確定有沒有被吃掉，也有可能沉入海中，屍骨無

「劉大嬸和劉明現在還好嗎？」大姊又問。

「劉明好得很，常常跟默娘一起讀書呢！你一句我一句，有說有笑的，十分甜蜜。」珠娘回頭看默娘。「對不對？我沒說錯吧？」

默娘沒答話，臉卻紅了。

王氏說：「難得大家回家團圓，別忘了阿和叔生前對你們的好，你們一起去劉家祭拜他，慰問一下劉大嬸吧！」

「那是應該的。」大姊說。

於是六個姊妹整理一番，帶了一鍋菜尾和水果、肉乾，一同前往。

到了劉家，劉明看見她們，連忙恭喜。劉大嬸躺在床上，言語無力。

劉明說：「你們家添了男丁，眞好。」

「那是應該的……」劉大嬸虛弱地說：「你們的爹爹是個大好人……自然該有這福報。」

大姊娟娘慰問道：「大嬸身體不好，有沒有吃藥補一補？」

劉明說：「有啊！之前默娘開了藥方，吃了精神不錯。可是我娘抑鬱過度，後來茶不思飯不想，連藥也拒絕入口，因此眩暈嚴重，四肢無力，常常需要休息。」

大家都勸她要放寬心、不僅要吃藥還要多多吃飯，劉大嬸只是微笑點頭，沒再說什麼。默娘看了，也只能無奈嘆氣。

劉明帶大家到父親的衣冠塚祭拜，又聊了一陣子，林家姊妹才離開。天氣燠熱，回程路上霞娘喊口渴，舜娘和緞娘也想喝水，休息一下。

珠娘說：「這附近有一口古井。」

娟娘說：「是，我還記得，就在小路過去不遠，我們去喝口水吧！」

六人來到古井旁，往裡頭探去，緞娘說：「唉呀！我頭上的簪子歪了，也沒人跟我說一下。」

珠娘說：「我臉上這一片髒污是煤灰嗎？我要洗把臉。」

「啪——」水桶落井時，水面映出的天空和人臉都破碎了。

霞娘打起水正要喝時，井內突然大放光明，大家好驚奇。正猶疑著，井口又莫名冒出一個全身金光的怪人。

「啊——」水桶掉落地上，水潑滿地，霞娘嚇得跌在地上不知所措。

「妖怪——」

姊姊們都驚聲大叫，個個退開十步以外，躲在樹木圍牆後面，唯獨默娘面無懼色，勇敢上前。

「你是何方神聖？」默娘問。

那個人身穿金色的盔甲，頭盔上有一對尖角，鎧甲上依照四肢關節分成一節一節，全身在太陽底下熠熠生光，讓人不敢逼視。

「我是龍宮的金甲武士巨蟹將軍，受了東海龍王之命，前來送你銅符。這銅符是龍宮寶庫裡的寶貝神物之一，可助元神上天下地，神遊四海。」金甲武士打開一個寶盒，裡面有一片圓餅似的銅符，上面刻有不知名的文字，還串著鍊條。

在默娘心中，海龍王只是廟裡的神祇，掌管大海和水族。她從沒跟海龍王有過接觸，不免困惑，「無緣無故的，海龍王為何要送我銅符呢？」

「並非無緣無故，只是你有所不知。你是否還記得某年某日，你在海邊發誓，願折壽三十年給漁民們添福壽？」

「我記得，那是阿和叔的衣冠塚入葬之日。」

「那時我在潮間帶巡行，聽見你這心願十分感動，便回龍宮向龍王報告。龍王一聽十分好奇，他運用神通看出你原來是觀音菩薩優缽花的化身，因此去向菩薩報告此事。」金甲武士繼續解釋，「菩薩回想起當初起的喜念，賜你娘親的那一子之靈，想不到你已經歷經造化磨練，發起救世的善心，因此祂決定助你一臂之力，派善財童子送你『玄微祕法』。」

「善財童子？」默娘疑惑。「不是白髮白鬚的玄通道長嗎？」

「這我不知，其中緣由你自己去探索吧！」金甲武士慎重其事地說，「而這銅符，是龍王感念你的善心和努力，特地贈與你提升道行，你要好好保存使用，不要辜負了他的美意。」

「這銅符，該怎麼使用……」

默娘話還沒說完，金甲武士已經跳出井外，變回原形。一隻十公尺高的大螃蟹拔地而起，揮揮巨螯，快速地橫行入海。

姊姊們都嚇壞了，以爲遇上毒蜘蛛妖怪而尖叫不已。

「啊——啊——」尤其珠娘又叫又跳，躁動不停。

默娘連忙安慰說：「別怕，那是金甲武士巨蟹將軍，不是什麼妖怪，是菩薩受到我的誠心感動，叫龍王派金甲武士送禮物給我。大家不要害怕。」

「呀！原來是這樣。」

「默娘，你眞不簡單，每天晚上在海邊幫漁民們點燈火指引方向，現在竟然感動了上天，連神仙都來幫助你。」

姊姊們轉驚爲喜，佩服讚嘆。

那個銅符的模樣像一條項鍊，默娘很自然的將它戴上脖子。然而就在那一瞬間，她感覺渾身充滿能量，眼前又出現不存在的畫面——

狗屍遍地的沙灘上，腳底下出現一大片橫七豎八的亂痕，像是有人拖著沉甸甸的大酒桶，在沙灘上東走西走後所留下的痕跡。

低頭察看那痕跡，最後沒入海中，默娘的腦中剎時竄出讓人驚恐的兩個字。「海怪……」

屈指點算時間，原來這畫面就是劉阿和叔叔葬禮那一晚，花花死亡的那段時間。默娘回想先前的影像，似乎都發生在同一晚，她將一幕一幕拼接在一起，得到了一個大概的猜測。

可是，爲什麼？就算是海怪，爲何如此狠心毒死小狗？並不是爲了吃牠們啊？

「默娘！怎麼了？」娟娘喚她。

「啊！」默娘回神道：「沒事。」

綴娘說：「耽擱那麼久，該回去了，少了娘親，孩子們怕不吵翻天才怪。」

「是。」默娘默默地跟著大家回家。

隔天親友們都告別返家，林家頓時空空蕩蕩的，和昨日的繁華熱鬧完全相反，教默娘心裡多了份落寞。

她在房裡翻閱「玄微祕法」想找出銅符的使用方法，可是怎麼也找不到相關的資料。

太陽下山後，她依照往常點燃火把，來到湄峰頂上。思來想去仍不知銅符如何使用，她乾脆不再去管這問題，繼續打坐修練。

不知過了多久，有人在耳朵邊叫喚：「默娘，我來了。」

默娘張開眼睛，眼前站著的正是玄通道長。他微微笑，慈藹地望著默娘，火光的照映之下，他雙眼明亮，閃爍著童稚的光芒。

默娘起身問他：「金甲武士說你是善財童子，是真的嗎？」

玄通道長哈哈大笑，轉身一變，成為三尺高的小孩。他頭上理光只留一髫，手腳都戴金環，身上只繫一件圍兜，滿臉天真無邪，用童音說：「那是菩薩叫我這樣做的，他怕童子的身份難以取信於人，故意要我扮老一點。」

「呵呵！好可愛喔！」默娘忍不住笑出來，蹲下來拉拉他的小手說：「因為世人敬老尊賢嗎？」

「看吧！菩薩沒有猜錯，看你笑的。當初變成白頭老翁果然是明智的。」善財童子白她一眼，「等哪一天，你修練到物我不二，萬物平等的境界，不被外相干擾，沒有分別之心，就不會輕視訕笑我這純眞的童子身了。而那時，也才是你修成正果的時候。」

默娘滿心歉意，「抱歉，我不是有意的。」

「我今天來是要給你指點迷津，教你如何利用銅符來修練『元神出竅』的功夫。」善財童子變回玄通道長。「首先，你得先練就脫除『陰』的功夫，回復純『陽』之體，才能利用銅符來『出陽神』。」

默娘嚴肅莊重起來，趕緊盤腿坐好，專心聽講。

「凡人不論男女都是由陰陽所聚化而成的。『陽』是天地之本，人在母胎之中尚未出生之時，是爲純陽之體，純淨無雜，因此無須呼吸，也能跟著母體脈動。」玄通道長仔細地說著。「可是等到了出生的時候，世間環境中的『陰』隨著啼哭呼吸而攝入嬰兒身體中，眼、耳、鼻、舌、身、意都開啓了感知，卻也因此步上老、病、死之途。」

「聽起來很玄妙，請問純陽之體是永生不死的嗎？」

「沒錯，你果然天資聰穎。」道長又說：「一個人如果能靠修練去除全身的陰穢之氣，練就純陽之元神，就可以長生不死，永存天地之間。那時心之所嚮，神必隨至。換句話說，元神出竅隨處漫遊，可飛天遁地，也能入海升空。少了肉體的羈絆，純陽的元神不只可雲遊四海，還能穿梭在大千世界，不受任何限制與阻撓。你以爲現今與你對話的我，是我的肉身嗎？」

默娘從沒想過這問題，一時恍然驚訝。

道長笑道：「你拿起火把，往我撲來。」

默娘遲疑著不敢動手。

「你放心，照做就是。」

默娘高舉火把，由上而下打在道長身上。說也奇怪，那火把穿身而過，彷彿那道長只是鏡中的幻影。

「哈！哈！哈！」道長口中吐出的又是善財童子的童音。「我此刻正在紫竹林裡，觀音菩薩的座下打坐呢！」

默娘張大眼睛，指著道長，驚奇地問：「這是道長的元神？」

「是的。」道長伸出食指，往默娘的眉心一點。「隨我一同神遊去。」

默娘微向後傾，還搞不清楚是什麼意思，卻看見自己盤坐在湄峰上，兩眼緊閉，一旁火把掉落地上，火光仍炙盛不熄。

「怎麼會……這是……我在哪裡……」一連串問題在她心中響起，低頭看看自己，又問：「哪一個才是我……」

「先別管那些了，我帶你去神遊。」

道長飛在她的身邊，拉著她的手，默娘這才發覺自己也在飛行。

黑幕中明月繁星都變大了許多倍，彷彿伸手就可以採摘下來。他們不斷地竄進雲朵中，又不斷地穿出雲層，身旁有風聲呼嘯，連一群趕路的海鳥也被他們拋在腦後，默娘感覺自己前進的速度比飛梭還快。

「剛剛我們飛過了泰山，又飛過渤海灣。」

兩人降在一個高杆之上，默娘看看四周，有屋舍有燈火，但環境十分陌生。有男男女女在屋舍內說笑玩鬧，他們的衣著都像是唐朝人，踩木屐，男的剃頭，女的梳包頭，跟湄洲人完全不一樣。

「這裡是？」默娘問。

「日本。」

七、小愛大愛相矛盾

第一夜，玄通道長帶領默娘飛行寰宇，默娘經歷前所未有的奇妙旅行，心中的驚喜和感動無法用言語來形容。

第二夜，道長又來，「今天要教導你元神出竅的祕訣。你有了這個銅符，想要做到並不困難，只要停下動作，雙手握住銅符，集中意識在眉心間，驅策自己從此處跳出，陽神便會脫離軀體而浮游於天地間。回來之時，同樣的步驟逆向而行就可以。」

默娘照著練習，很快就能靈魂出竅，從空中看見自己和道長站在湄峰上。

玄通道長眉開眼笑，「你目前尚未練出純陽之體，因此需要銅符的加持才能出陽神，你要記得日日夜夜將銅符戴在身上，共同歷經日月星辰的照耀，彼此氣息才容易交流串通。如果有一天你羽化成仙，那就不需銅符的幫忙了。」

默娘元神回歸身體，興奮不已地說：「太好了，從此以後我可以自由自在的隨處去玩了。」

道長拉下臉嚴肅地說：「林默娘，莫忘初衷。當初你是許下什麼的心願，才能得到這樣的造化？如果你是心存玩樂的念頭，那就辜負菩薩和龍王的好意了。」

默娘一聽，心生慚愧，「對不起，我不該貪玩，我一定謹記教訓，心心念念都在救助世人上頭。」

「其實救助世人可以廣造福德，對於去除外『陰』，提升元『陽』有很大的助益。」道長直言正色道，「不過，你若是以自己的利益考量才去救人，那麼出發點不對，並不會累積福德，對於功力也一點幫助都沒有了。有時還會走偏方向，造了惡業還不自知，那就非常糟糕。」

默娘對道長叩首三拜，誠心地說：「弟子一定謹記在心，感謝師父教誨。」

道長離去之後，默娘讓元神出竅，到海上巡行。

她先往南，來到泉州旁晉江出海口，看見船火點點廣布海面，有的是捕魚的小船，有的是遠洋航行的大商船。再看泉州，萬家燈火，街上人影往來，她讚嘆說：「不愧是繁華的大商港，都這麼晚了還像個不夜城。」

她再往東飛去，看見前方視野模糊，濕氣瀰漫，風如龍捲，巨浪連綿，而其中似乎有一個小點隨浪漂盪。她急忙下降一探究竟，那是一艘破船，桅杆斷了，帆也破爛，而船上空無一人。

「糟糕！他們遭遇海難了，我竟然晚了一步。」默娘心中悽然，十分自責。

經歷漫漫長夜的飛行探視，她回到家，天已亮了。默娘心裡一直有個疑問想問道長，可是又不知道長何時還會再來。

正煩惱之際，道長卻突然現身，而且足不落地，漂浮在屋樑下。

「啊！太好了。請問師父，雖然我能四處飛行，可是大海浩瀚，隨時隨處都可能有船難發生。我若是像父親那般出海巡行，恐怕只有所到之處才能保護漁民，其它地方如果有船難，我就沒辦法知道了。有沒有更周全的方法呢？」

「這有方法可以解決。」道長笑瞇瞇地說，「就是『心神感應』的神通，如果你能練好它，只要有人呼喚你的的名號，不論天涯海角你都能感應到，並且確知方向和距離。」

默娘綻放笑容，欣喜若望：「請師父教導。」

「『心神感應』的神通比『元神出竅』困難多了，你得把自己的心識打開，並且放出『徵求感應』的意念，向四面八方輻射出去。」

默娘思考了一會兒，蹙眉問：「能不能請師父詳細說明？」

「剛開始練習時，你可以這樣做：當你入定之時，內心誠摯而宏亮的向外吶喊：『有沒有誰在找我林默娘？有沒有誰在找我林默娘？』一邊吶喊，一邊相信它會傳揚千里，相信它，多練習，自然會放送出去。這時如果有人需要你，你的吶喊遇上對方，便會回轉來告知你。」

「我懂了，師父剛才就是感應到我內心的呼喚，才來找我的？」

「正是，等你功力具足，感應的經驗多了，自身會成為一個自動發射心神之箭的弓弩，也就不需去用力吶喊，自然會接收到來自各地的呼求。」

「太好了，我這就來練習。」

道長消失，默娘向爹娘請安後，便捨棄早飯和睡眠，進房修習。她按師父的指示，在內心宣告：「有沒有誰在找我林默娘？有沒有誰在找我林默娘？有沒有……」

「默娘……默娘不知道在做什麼……」

她持續發出內心的訊號，不知過了多久，她感應到一個微弱的回應。

「劉明！劉明！我在練功啊！」默娘興奮地叫喚著。哈！是劉明。

「……默娘……默娘不知道吃飯了沒有……」

「劉明！劉明！你沒聽見我的話嗎？」

「……默娘……默娘睡那麼少，身體負荷得了嗎……」

「呼——」默娘回過神，提醒自己。「劉明聽不見我的心音，這也難怪，他並沒有修練神通。劉明也眞是的，滿腦子都在想我，難道沒有比想我更重要的事嗎？」

雖然嘴巴嘟囔著，但默娘心裡十分甜蜜。「他整日把我放在心上，只是……這樣好嗎？我並沒有那樣想念他，我還有更多重要的事情想做。」

她雙手握住銅符，集中意識在眉心間，並想像自己從眉心跳出，下一秒元神已經來到劉明面前。

劉明正在田裡除草，見到默娘嚇了一跳：「你怎麼跑來了？」

「我知道你在想念我，所以過來跟你說說話。」

「喔？你有順風耳嗎？我可是想在心裡，沒有說出聲啊！該不是你在想我吧？」

「不，我覺得這樣對你來說，太不公平了。」默娘面色憂愁。

「怎麼了？」

劉明擔心地去牽默娘的手，卻發現摸了空。他再伸手摸，這才發現默娘成了空虛的影像，什麼都摸不到。他焦急地大叫：「你怎麼了？怎麼會變成這樣？」

默娘笑笑，爲他講解「元神出竅」的神通，「我不但練成了『元神出竅』，還練了『心神感應』的神通，剛剛聽到你的內心在想念我，就出陽神來找你。」

「原來是這樣。」劉明轉憂爲喜。「哇！你太厲害了。」

「可是，我覺得你太想我了。」

「沒錯，我無時無刻不在想你……」

默娘伸手遮住他嘴巴，「這對你不公平，白天我必須修練『玄微祕法』，晚上還得爲漁民導航，我有很多事要忙，我沒有那麼多心思去想你。」

「那有什麼關係？就讓我單相思好了。」

「不！那會使我心疼。」默娘內心感到矛盾，「可是我想做的事情，是一定要去完成的。」

「沒關係，你不必想我，你只要好好的，健健康康，願意讓我想想你，我就很高興了。」

默娘沉思一會兒，「好吧！我先回去了。」

一眨眼，默娘已經消失，劉明望著半空呆呆地笑，覺得做了一場白日夢。

有了這次成功的經驗，默娘有了信心，她努力勤練，七天之後已經非常熟練。

她向來詢問天氣的漁民們告知：「鄉親們，如果你們在海上迷航了，求助龍王和晏公都沒有用的時候，可以呼喊我林默娘的名字，讓我來幫大家的忙。」

「什麼？你在岸上點火把，喚你的名字做什麼？難道你要游泳過來？」

「有用嗎？會迷航的人早就看不到你的火把了，叫你的名字有什麼用呢？」

大家懷疑，還有人哈哈訕笑。

默娘不想解釋那麼多，只說：「事實會證明一切，大家不妨一試吧！」

那一晚，默娘在湄峰點火把，也準備了一個大燈籠。盤坐之後隨即入定發功，啓動「心神感應」，隨時警備著。

不久心中便傳來回報：「救命啊！默娘救命啊！」

那聲音非常響亮，默娘聽得心慌。她用心細想，心盤中即刻出現指引，那聲音是來自在東北方五十里外。她馬上握住銅符，出神去提燈籠，飛去救援。

不消兩秒來到海上船隻，漁火之下看起來風平浪靜，有人在船頭圈手大喊：「救命啊！默娘救命啊！」

她看出那個人是北村的莊土水，便下降問說：「莊大伯，發生什麼事了？」

「啊——」那個人臉色大變，說不出話。

他的兒子一旁也是滿臉驚訝，結結巴巴的說：「我……我爹不相信你說的，故意……開玩笑亂……亂叫的，其實沒有什麼事……」

莊土水跪下磕頭：「默娘，對不起，我不該懷疑你，對不起。」

默娘沒生氣，反而欣慰地說：「沒事就好，害我擔心了。」

說完即刻回轉，消失無蹤，莊土水和他兒子急忙叩拜。

第二天開始，一傳十，十傳百，大家都知道，發生船難時只要向湄洲島的神姑林默娘呼求，她就會趕來相助。

有了銅符和神功的協助，默娘的救人事業如虎添翼，不論多大的風雨，她都不需被動地在岸上等待，而能主動出擊，到海上爲人引航。時日一久，她已經救了三十多人的性命。

只不過心海中常常會傳來劉明的思念之音，默娘只得將它擱在角落，暗暗感到歉咎。

劉明的娘親終於熬不過體力日虛，在睡夢中過世了。

林惟慤得到消息，帶家人來幫忙處理後事。

默娘安慰劉明，還好劉明早有心理準備，平靜的接受事實。完墳之後，他便把心思放在醫書上面，日夜研讀。

那一年年初，福州有人打聽到林家門風純良，還有兩個女兒未出嫁，派媒婆來說親。爲了愼重起見，林惟慤另外派人去打聽，得知對方是書香世家，頗爲滿意。他和王氏商量後，決定把珠娘嫁過去。

婚事很快說定了，年中時辦喜事，大花轎上大船，自福州走水路來湄洲迎娶。珠娘哭哭啼啼地上花轎，兩老雖不捨，卻也了去一番心事。

珠娘出嫁那一天，劉明也來看熱鬧，但是服喪期間不好靠近，只敢遠遠地躲在巷口觀看。默娘看見劉明，跟他點頭招呼。

看著珠娘離家，默娘嘴巴沒說，但心中的疙瘩才完全消除，對劉明的那一點點怨氣也完全釋懷了。

但此同時，她心中又責怪自己任性、小家子氣，怎麼都過那麼久了，還在介意什麼，那些不愉快不是早該船過水無痕，煙消雲散了嗎？她爲自己那麼多的心眼感到慚愧。

親友們看見默娘，都打趣道：「下一個就輪到你了！」還有長輩對她說：「你看你五個姊姊都嫁到附近鄉鎮，天下父母心哪！你的爹娘堅決明媒正娶，只允你們姊妹當正室，不予人做小妾。他們很疼女兒，很維護女兒，十分難得。默娘啊！你別擔心，你父親一定會爲你找到一戶好人家的。」

聽著聽著，在那樣歡鬧的氣氛之下，默娘對婚姻也起了憧憬，不時偷看劉明，又低頭含羞。

是啊！下一個就要輪到我了。

只是又期待又怕受傷害呀！還記得大姊娟娘處境可憐，就因爲連生女兒，沒有子嗣，遭人白眼。二姊緞娘雖然生了男孩，但有個無心的老公，和兩個小妾要對付，心力交瘁。三姊霞娘嫁給孤兒寡母，飽受婆婆嚴苛對待視如仇寇，在家沒地位沒自由。四姊舜娘遭受丈夫家暴，還揚言娶小妾，身心都受折磨。不知五姊珠娘這一嫁去，又是如何的菜籽命呢？

婚姻似乎不是情愛那麼單純，嫁給一個男人不是嫁給一個男人，而是嫁進了一個家族，除了侍奉公婆，相夫教子，更得跟妯娌姑叔周旋，還要應付一大堆親戚。最重要的是要傳宗接代，否則遭受冷落與歧視，地位不保，這樣的壓力好龐大啊！

劉明離開之後，默娘回到房裡，拿出藏在袖子裡的燕鷗木雕，一邊撫摸一邊想：「如果我跟劉明在一起，是否能順遂度過一生？」

外面蟬聲唧唧，似乎要回答她的疑問，卻又是一片不知所云。默娘覺得心煩，盤腿打起坐來，這似乎已成了她逃避現實煩惱的方法了。

八、伏機救父兄罹難

默娘在道長的指導之下，這一年來神功不斷精進，不只熟練了「元神出竅」與「心神感應」，還練就「隔空移物」與「隔山打虎」的功夫，曾經在空中抬動擱淺的小船，也曾經掀翻倒覆而即將下沉的漁船。她覺得自己能力越來越強，如果沒有貢獻出去，發揮所能造福更多人，那不是十分可惜嗎？

因此她越發把心思放在保護船民上面，對於劉明的溫言軟語，漸漸冷落。

泉州港經過多年發展，進出口商務日益興盛，成爲後世所稱「海上絲路」的起點，海防的工作也因此更加繁重。

過年之前，因年關將近，海賊興起，沿岸幾個漁村都傳來洗劫的噩耗，都巡檢的任務又增加了。林惟慤常常和洪毅打著官家的旗幟進行海巡，發揮遏止的功效，也成功多次擊敗海賊，俘虜了許多人。

由於打殺動刀槍的關係，林惟慤和洪毅的衣服常有破洞需要修補。王氏吩咐默娘和媳婦多織些布匹來做新衣，好讓男人出門時，英挺威武，受人尊敬，因此，織布機早晚不停操作著。

過年期間男人都在當差，家裡只有王氏、嫂嫂、默娘和幾個孩子，顯得冷清。

到了大年初二回娘家，除了娟娘和霞娘不能回來，其他人都回來了，一時間家裡又熱鬧起來。

珠娘初嫁返家，小腹微凸有喜了，大家都恭喜她。她似乎仍在蜜月期，妊娠中也讓婆家養得肥肥嫩嫩，滿臉紅潤。

王氏非常歡欣，跟著大夥兒圍著珠娘問東問西，想知道婆家好不好。珠娘認眞的一一回答，但默娘留意到，珠娘似乎近鄉情怯，眼神中透出一絲愁緒。

趁著幫珠娘把脈安胎的空檔，默娘私下問她：「五姊，回到家不開心嗎？」

「啊！開心呀！」珠娘擠出滿臉笑容。

「可是，我覺得你有點……」默娘不把話講滿，或許，她想，珠娘不知道願不願意說出心情呢？

「唉！不瞞你說，回到這兒，見到家人，我雖然很高興，可是另一方面，又覺得這裡已經不是我的家了，心裡感到空空的。」珠娘畢竟是個藏不住話的人。「你知道嗎？大家都對我很好，很親切，可是這些加倍的親切，讓我更感到自己變成了外人，與大家變得生疏了。那種失落感揪著心，你這個在家的女兒是體會不出來的……」

珠娘低聲啜泣，默娘想安慰她，卻不知該說什麼才好。

姊姊們在家的幾天，幫忙織了好多布匹，默娘和嫂嫂清閒了些，但等他們都返家了，她們兩個又忙碌起來。

幾天後劉明又來找默娘，默娘正在織布。

她決定將悶在心裡很久的話說出來，因此停下工作，鄭重的對劉明說：「這些年來，你已經學會識字讀書，九經也都研習過了，我想，從明天開始，你就不要再來找我了。」

「什麼？」劉明感到錯愕。「爲什麼？」

「學習總有結業的一天，你學的已經夠多了，我們的師生情誼也該結束了。」

「師生情誼？我們只是師生情誼？」劉明好慌張，臉都脹紅了。「默娘，我答應不干擾你去救人，也不求你花心思來想我。爲什麼現在要說得如此恩斷義絕？」

「我最近都在想一個問題。」

「什麼問題？」

「婚嫁的意義是什麼？」

「你想太多了。」

「不！我覺得我不一定要嫁人，我有能力幫助別人，我不想嫁進一戶人家，爲一家人過一輩子，我想把自己的一生奉獻給黎民百姓。」

「你這傻瓜！」劉明輕拍她腦袋。「你嫁給我，一樣可以去救人，我不會限制你，甚至我還會幫你的忙。」

「是嗎？我們會生孩子嗎？」默娘繼續發出疑問。「如果我生了五、六個孩子，當我去救人的時候，你有辦法幫忙帶孩子嗎？你忙得過來嗎？你不埋怨我嗎？你不會責怪我嗎？孩子不會吵著要娘親疼嗎？」

「唉！」劉明不悅地搖搖頭。「你眞的想太多了。」

那一天兩人不歡而散，隔天劉明還是來一起研究醫書，但兩人都避開婚嫁的話題，以免又要鬧僵了。

元宵之後，林惟愨和洪毅放假回家，十天之後又接到任務，換上新衣出發，這一回是到福州沿海剿海賊。

歷經二十多天的奮戰，他們成功打敗一班烏合之眾，凱旋而歸。

然而回程中天氣晴朗，卻遇上巨浪狂濤，船隻晃蕩，大家都急忙降低重心，抓緊船身。

陳平容遠遠地看見海面上有龐然大物在翻攪，即刻大叫：「有海怪，有海怪——」

「是害死劉阿和的那隻海怪嗎？」

林惟慤自問，愣愣地望著它，一個不留神讓傾斜的甲板給甩出船，幸好一隻手勾在船沿上，身體懸在海面上。

洪毅急忙過去拉住父親的手，奮力要將他拉起來。不料一個大浪打來，竟然將兩個人同時捲入海中。

洪毅慌張大叫：「默娘救命——默娘救命——」

默娘此刻正在織布，忽然感應到父兄的求救，即刻出元神去救人，身體因而趴伏在織布機上。

眨眼來到海難現場，看見爹爹和大哥落海浮沉，默娘馬上發出移物的功夫，將父親抱上船。回頭要救大哥，卻不見人影。

她不假思索，即刻下沉入海。只見海中湧起許多氣泡，遮蔽了視線，但能見到一條白色巨蟒在裡頭翻滾。

這正是劉明所遭遇的那隻海怪嗎？

默娘見到遠處有一個黑點在下沉，認出是大哥，連忙上前托住他。而她正要將大哥推出水面時，白蟒卻一甩長尾打中大哥雙腳，人又下墜而去。

默娘還要去追，忽然從後方潛來一條青龍，直逼白蟒而去。白蟒見狀，急忙往岸邊竄逃。

少了白蟒干擾，默娘終於於可以專心搜尋大哥的所在……

「默娘！默娘！你怎麼了？」

「默娘！你怎麼倒在這裡？」

「啊！」默娘一睜眼，看見娘親慌張的搖著她。

「你怎麼昏倒在織布機上，你病了嗎？」

「哇——娘啊！」默娘悲痛嚎哭。「大哥……大哥……我救不了他了……」

來不及向娘親說明，默娘急忙將自己關進房內，又出元神到海中搜尋。

可惜大哥陷溺水中無法求救，默娘完全收不到感應，無疑是海底撈針，墨墨沉沉中渺渺茫茫，滿心盡是絕望。

她想起巨蟹將軍，便呼求起來：「巨蟹將軍，默娘有事相求。」

彈指間一隻巨蟹橫入眼前，說：「林默娘，找我什麼事？」

「我大哥被海怪捲入海中，我到處都找不到他，求你幫忙。」

「好，我來問問大家。」

巨蟹大螯一招，附近的水母、龍蝦、旗魚、鱺龜、鬼頭刀、鮪魚、秋刀魚、白帶魚、鯛魚等，全聚攏過來圍成一團黑壓壓的球體。

一番詢問之後，球體解散，獨留龍蝦帶路。

「牠知道在哪裡，跟上。」巨蟹說。「你要有心理準備，龍蝦說，已沒有氣息了。」

「嗯！」默娘忍著悲傷，緊緊追隨。

在距離岸邊三里的深灘中，默娘看到了洪毅的屍體。洪毅雙眼緊閉，在海底輕輕漂盪，幸運的是全身完整無傷，尚未受到魚蝦啃咬。

默娘誠摯的向巨蟹和龍蝦道謝，然後運用神力抱起大哥浮出海面，飛回湄洲島。

家人見到了，齊來抱住洪毅悲傷痛哭。

王氏跪地握拳打自己的頭，哭得肝腸寸斷：「都是我的錯，爲娘的害死你了……洪毅啊……都怪我……讓我跟你一起去啊……洪毅啊你醒醒啊……是我害死你的呀……」

默娘抓住娘親的手，流淚苦勸說：「娘，不能怪你，這是大哥的命，你不要自責了。」

嫂嫂也哭喊著：「老天啊！洪毅啊！你怎麼一下就走了，沒留下半句話……孩子們需要爹親呀……叫我們孤兒寡母怎麼活下去啊……」

一家陷入愁雲慘霧中，默娘望著悲痛的老母，可憐的嫂嫂和孩子們，心情格外凝重，不知如何安慰他們。

第二天，林惟慤的船隻回來了。

唯一的兒子過世了，林惟慤像是斷了命根，老淚縱橫，哀痛欲絕。

親朋好友都過來慰問，劉明和叔叔也來，苦勸林家要節哀順變。劉明跟默娘說到海怪時，兩人同仇敵慨，恨不得聯手殺了牠，以消心頭之恨。

正在林惟慤和親族長老討論喪葬儀式的時候，悲泣的王氏忽然抓狂似地跳起來，低頭飛奔去撞牆壁。

「砰——」頭頂撞了一下，還有知覺，她急忙退後三步又要撞去，幸好旁人趕緊拉住她。

「你不要傻呀！」林惟慤嚇壞了，抱著她哭。「我死了兒子，你不要讓我又成為鰥夫啊，這不是你的錯，冤有頭債有主，這不是你的錯啊……」

「對！冤有頭債有主，冤有頭債有主……」默娘暗暗地說著，心底漸漸清澈了。

劉明說：「事情已經發生了，人死不能復生，悲傷痛哭於事無補，只是哀毀骨立，害命傷身罷了！不該再這麼下去……」

他跑回家翻閱醫書，發現「甘草大麥飲」可治憂思過度，悲傷欲哭，不能自主。因此到市集買來甘草、紅棗、大麥，煮成一大壺茶湯，分給林家人喝。

果然此湯有養心安神的作用，王氏喝下之後漸漸停止哭泣，並能安眠，其他人也開始平復心情，接受事實。

默娘非常感動，對劉明說：「謝謝你，我都慌了，不知所措。」

「這是應該的，只盼望林大娘不要再自責了。」

「唉！我會再勸勸她的。」默娘嘆息道，「我娘喚醒我也是好意，當時我已經盡力，我大哥逃不過這凶險大劫，一切都是他的命，也怨不得別人了。」

葬禮在兩天後舉行，雖然大家還是不捨哭泣，但總算順利的完成儀式，讓洪毅入土為安。

「冤有頭債有主……」默娘的心中不斷重複著這句話。

默娘來到湄峰頂靜坐，再次出神入海，呼喚巨蟹將軍。

巨蟹聞訊而來，默娘問：「請告訴我那條白蟒海怪在哪裡？我要去找牠，報殺兄之仇。」

巨蟹說：「我不知道，每次牠一出現，我們躲都來不及了。牠又不定時出現，誰會知道牠在哪裡呢？」

「你負責巡視沿海，爲何不將牠制服？」

「你說笑了，我只是一隻大螃蟹，道行只有百年，只能管管小魚小蝦。牠白蟒巨大無比，蜿蜒滑溜，動作迅猛不輸龍王，我哪裡是牠的對手？」

「龍王？」默娘回想當時情況。「我入海要救我大哥時，有看到一條青龍出現，海怪見到牠就逃走了。」

「沒錯，那正是龍王。」

「龍王爲何不殺了海怪，任由牠胡作非爲，危害百姓呢？」

「我不知道，龍王的心思豈是我等小輩能胡亂猜測的。」

「龍宮在哪裡？」默娘說。「我要親自去求教。」

巨蟹指點了龍宮的方向。

默娘依照指示往東方前進，進到一條伸手不見五指的海溝。深深的海溝中漸漸出現一座七彩亮麗的宮殿。那宮牆全由水晶堆砌，殿頂沒有屋瓦屋簷，但上面鑲有一排排的瑪瑙、翡翠、藍寶石和金銀，拱形殿門有五十米高，三十米寬，上方和外圍有十數條公牛鯊來回守衛。

龍王感應到默娘前來，令公牛鯊分列左右迎接。默娘心領神會，直接進到大殿。

東海龍王盤據在王座上，一對威武的龍角頂向天，長長的龍鬚四下搖擺，碗口大的鱗片整齊的排列在身上，隨著呼吸緩緩移動，而突出的眼睛如夜明珠，發出威嚴的青光。一旁有龍母陪伴，左列有翻車魚、鯨鯊、黃鰭鮪等文臣，右列是大白鯊、水虎、食人鯧等武將。

「民女默娘，拜見龍王。」

「默娘啊！銅符好用嗎？」

「謝謝龍王送我寶物，銅符很好，只是……」默娘欲言又止。

「你盡量說，不要擔心。」

「只是我雖有銅符卻救不了我大哥，感覺非常難過。」默娘直言說：「敢問龍王，你爲何不殺了白蟒海怪，卻任由牠翻濤做浪，危害百姓呢？我

大哥、阿和叔還有許多冤魂，都好無辜。」

「你可知那隻白蟒不是海怪，而是湖怪。」

「湖怪？」

「不只是湖怪，還是晏公。」

「晏公？」默娘好錯愕。「你是說，江邊湖邊那些晏公廟，孕婦們爭相求生白胖兒子的晏公？」

「是的，晏公。他是湖怪，不歸我管。」龍王又說。

「爲什麼？」

「他原本是生活在江南晏湖中的一條白蛟，深長有百米，軀幹粗壯如車輪。恰恰那晏湖佔了紫微星投射下來的帝王穴位，絕佳的風水使他蟄伏其中吸取日月精華，五千年而成蛟精，自稱爲『陸龍』。」

「恕我孤陋寡聞，從沒聽過『陸龍』之說。」

「那是他有僭越之心啊！」龍王忿忿的說。

「既然他是神明晏公，爲何不保佑百姓，反而害人呢？」

「他嗜好杯中之物，也愛吃豬肉，常化身為俊美男子上岸找人飲宴，酒醉之後狂暴瘋亂，現出原形，遁入江湖中興風作浪。人們為了作物灌溉和行船安全而敬畏他，因此立廟奉祀安撫，並在初一十五在江邊丟入黃酒和豬隻做為祭品。後來有見過化身的人為他塑像，以晏湖之名尊稱他為『晏公』。」

「他為什麼要到海裡來害人呢？」

「他的目的不是在害人，他是衝著我來的。他仗著自己有幾分神力，嫉妒我統治廣闊無垠的東海，不滿足自己掌管小小的江湖，因此不斷地來挑釁。可是你看，他只敢在淺海撒野，不敢到深海與我對決。那是因為他知道自己不是我的對手，隨時準備逃回他的陸上巢穴。」

「龍王為何不追上岸去，把他抓起來呢？」

「唉！這就是我困難的地方。他逃回江河湖泊之中，我卻不能跟進，因為那裡是淡水，我到了那邊便失去能量，全身無力，根本不是他的敵手。他也知道如此，所以故意要引誘我深入淡水，但我都沒有上當。」

「他來到那麼鹹的海水，不會不舒服嗎？」

「恰恰相反，鹽分提供能量，這正是他覬覦大海的主因了。正因為如此，我才贈送銅符給你，一方面幫助你去解救漁民，一方面希望你將來修練成功，能助我一臂之力去制伏晏公。」

「啊！我懂了。」

默娘完全明白了，那些曾經出現的奇異幻象：原來沙灘上的巨蟒是晏公，白衣男子是晏公，毒死狗兒們的也是晏公。不知他為何要如此殘忍？連無辜的狗狗都不放過。

默娘憤恨地說：「我要去找他，我要消滅他。」

龍王搖頭：「你現在功力淺薄，根本不是他的對手。你得要專心用功，練出純陽之體，才有辦法跟他對抗。」

「好，我會努力修練。」

默娘告別龍王，回到湄洲。

她跑去找劉明，將這一切告訴他，「從今天起，我除了救助漁民，其餘的時間都要加緊修練。我沒有時間和精神談男女情愛，何況現在家裡少了大哥，需要有人陪爹娘，我暫時沒有出嫁的打算。我不想再辜負你，你快去找一個好女孩成親吧！不要再來找我了。」

「除了你，我不想要娶別人。求求你讓我來找你，我不會打擾你，我可以在旁邊保護你，不受外務的干擾。」

「呵！你這傻瓜，對我來說，你就是最大的外務了。」

「啊！」

默娘板起臉說：「難道你不希望我早日殺了晏公，幫你爹爹報仇嗎？」

「這……」劉明無言以對。

從此以後，劉明忍著見默娘的衝動，窩在家裡研讀醫書。

默娘心無旁鶩，專心修練，漸漸的不需人求救，她已經能主動感應到海上的船難了。

有一天颩颸風，下著小雨，但風勢非常強勁。默娘在內室修練，漁民都沒有出海，她卻感應到東方十里有大船迷航。

她急忙出元神，提燈籠，來到大船前面。怎知那船上的人見到發光的她飄在半空中，以爲是妖女現身，不敢跟隨。

大船很快陷入如山的狂浪中，默娘發功想控制船行方向，無奈船隻龐大笨重，她力有未逮。

眼看再不轉舵，大船就要撞上礁岩，粉身碎骨……

九、燒屋祈雨美名傳千里

情急之下，默娘速速回家，並且趕家人出門，點燃大火燒房子。木造房子很快燃燒起來，在風勢助長之下，連同灶房和一旁的柴房都劇烈焚燒，火光熊熊，烈焰衝天。

大船上的人們看見不遠處冒出火光，大爲驚喜，連忙轉舵，數十人齊力划槳，朝火光方向前進。

不多久大船靠岸，眾人下船往火光跑去，才知是有人燒了房屋救了他們。再看點火的女子，正是剛才飛在空中的女人，大家才發現錯怪了人家，不禁自責又讚嘆。

那些人的長相和一般漁人不同，他們高鼻子、藍眼睛，講起話來哇拉哇拉，分明不是本國之人。還好，其中有一個翻譯的人挺身出來說：「我們是來自神聖羅馬帝國的商船，千里迢迢到泉州來做買賣。昨天我們做完買賣要回國了，今天一出航就遇上大風浪，剛才如果不是這位女士搭救，我們必死無疑，眞是非常感謝。」

林惟慤上前苦笑說：「是我女兒救你們的，呵呵！燒了我家屋子。」

王氏委屈的說：「救人是好事，可是我們以後沒房子住了，這可怎麼辦？」

默娘說：「爹，娘，眞對不起，剛才是萬不得已才出此下策。你們不用擔心，屋子燒了我們可以慢慢再蓋，總不希望眼睜睜看著他們葬身海底，讓親人空等痛哭啊！」

一位穿著華麗的人來與翻譯人對話了一陣子，然後翻譯人過來說：「船長說，爲了答謝救命之恩，他們將延後啓程，留下來幫忙蓋新屋。船底有不少壓艙的巨木，可以用來蓋房子，都是上等的杉木。」

「那麼你們離開時，要用什麼壓艙呢？」林惟慤問。

翻譯人說：「這沒有問題，我剛剛也問過船長，他說只要在海邊撿一些大石頭，用幾個大漁網包覆起來就可以代替了。」
王氏說：「那麼這幾天，我們就到鄰居家借住。」
「羅馬人有情有義，好，好。」林惟慤感到滿意。
第二天天一亮，羅馬人扛來數十根杉木，幾個工匠開始鋸木頭，村民們也來幫忙。除了羅馬船的杉木，還有人去附近林子伐木，一起幫林家搭建新屋。
就這樣同心協力，十多天之後搭起一座新屋子，比原先的房子還要高大雄偉，不過屋頂暫用茅草覆蓋，等窯場燒好訂製的瓦片再行替換。
這一件救人的美談傳揚出去，不僅附近的縣府都談論著，還隨著羅馬商船的回程，沿路傳到東南亞、印度和歐洲。大家都知道有個叫做林默娘的神姑，犧牲了自己的家屋來救活數十條羅馬人性命，眞是千古難得一見的義行。
默娘美名遠播，人們聽聞她尚未出嫁，紛紛上門提親。湄洲島所在的莆田縣許縣令也得到消息，派人來爲他小兒子說親。一時間林家門庭若市，林惟愨和王氏也不知要應允誰才好。

林惟愨對默娘說：「我都跟他們說我家默娘還小，還想留兩年，婚事以後再談，先把他們打發走。可這不是辦法呀！那些媒人死纏爛打，今天回去，明天又來，煩得不得了。」

「默娘啊！這可怎麼辦才好？」王氏問。「尤其縣令派來的那個，還語帶威脅的暗示說，你如果嫁了別人，恐怕會影響到你爹的職位。」

林惟愨生氣地說：「別想威脅我，我不怕，我明天就去辭職，有什麼了不起。」

「對不起，讓你們爲難了，這件事交給我來處理就好。」默娘說。

「怎麼可以？父母之命，媒妁之言才行。」王氏擔憂地說：「你該不是要和劉明……」

「不！爹娘請放心，我不會的，我已經決定了。」

「決定了誰？」夫妻倆好驚訝。

「不是，我決定不嫁人，誰也不嫁。」

林惟慤鐵了臉色說：「默娘，終生大事可不能開玩笑的。」

「沒有，我沒有開玩笑，我已經想很久，也想清楚了。」默娘嚴肅地說。「大哥過世，孩子們嗷嗷待哺，爹娘年紀也大了，如果只有嫂嫂實在缺乏人手幫忙。」

王氏說：「你可以晚一點嫁，不要說不嫁呀！」

「娘，除了照顧家裡，我還想把我的一生奉獻給救人事業，所以不論遲早我都不嫁人。」默娘堅定地說。「我的心意已決，請不要再勸我了，明天開始，只要有人來說親，都由我來親自應付。」

「亂來——」林惟慤大喝一聲，拂袖而去。

王氏嚇一跳，慌張地說：「默娘，我從沒見過你爹爹這麼生氣啊？」

默娘紅著眼眶說：「娘，你不要操心，爹爹那邊，我會自己去勸他的。」

王氏嘆口氣，莫可奈何的離開了。

那一晚，默娘仔細地把臉蛋清洗乾淨，然後來到銅鏡前面看著自己。

子。

鏡中的人兒有著鵝蛋臉，柳葉眉，皓齒紅唇，曼妙身材，一副美人胚子。

她摸摸臉頰，心想，好久沒有這般細細地看看自己。千百個日子以來，總是擔憂著別人，顧慮著別人，我似乎把自己給忘了。

這樣的青春美麗如果生在一般女子身上，必然得到夫君的嬌寵與疼愛，只可惜，我林默娘怕是要辜負男人們的芳心了。

如今重新找回自己，恰恰也是該與昨日之我告別的時候了……

她解開頭上的墮馬髻，拿半圓木梳當輔具，將頭髮往後梳攏，在後腦杓中央高高聳起一個片狀的髮髻。

她對著鏡中的自己說：「就是這樣。」

隔天又有一堆人上門說親，默娘頂著新髮髻，請他們一齊上前觀看。

她說：「這是我自創的『帆髻』。這代表著我已經決定將終生奉獻給大海，日日爲船民導航，時時以救人爲志業。我立誓不願嫁娶，所以請大家回去吧！請不要再來叨擾了。」

眾人一聽自覺無趣，摸摸鼻子，陸續離開。

林惟慦氣得說不出話，王氏也賭氣，不跟默娘交談。默娘心裡清楚，只能忍著委屈，默默承受著。

媒人回報後，那位心高氣傲的許縣令遭到婉拒，感覺沒面子，十分不悅。

劉明聽到消息，急忙跑來找默娘，「你怎麼就這樣公開宣示了，沒有問過我的意見？」

「我已經跟你說過很多次了。」

「可是，我沒有同意啊！當初，我們說好的。」

「你……」默娘心中激動，卻故作鎮定，從袖子裡拿出燕鷗木雕，冷漠地說：「是我對不起你，請你拿回去吧！」

劉明難過地望著燕鷗，久久不肯伸手。

過了一會兒，他終於嘆口氣，「我知道，對你來說我是干擾，我是雜念，為了你好，我是應該成全你的。好吧！我聽你的話，不跟你成親，不過希望你留下這個木雕，就當是我倆特別的友誼紀念，好嗎？」

默娘強忍的眼淚終於潰堤，無助地環抱著自己的胸口，不住啜泣：「對不起……嗚……謝謝你……」

劉明看得好疼，忍不住伸手去抱她，傷心陪伴。

默娘喜歡這樣依偎的感覺，可是心中又警惕自己不許深陷進去，否則又會傷害彼此。她停止眼淚，挪挪身子。

劉明知趣的放開臂彎，兩人緘默無語，低頭沉思，只聽得風兒在窗外無奈的嘆息。

劉明信守承諾，不再常往林家跑，偶爾遇到默娘也不說情說愛，只是閒話家常，或討論醫理藥理。受到默娘精神感召，他也決定終生不娶，立志學醫濟世，救助貧苦的病人。

嫂嫂看家裡氣氛低迷，單獨去找默娘聊聊。默娘開誠布公，不但闡述了救人的志願，還說出想爲劉叔叔和大哥報仇的決心，也把她和劉明的事一五一十地表白了。

嫂嫂十分感動，把這些話轉告公婆。

林惟慤和王氏瞭解了默娘高遠的志向，也明白她爲此犧牲自己的所愛，就不忍心再責怪默娘了。

一家子漸漸恢復以往的和樂。

隔年春雨過後，莆田縣久旱不雨，好不容易等到黃梅時節，竟也沒有半滴雨水落下。小暑之後田裡作物大量枯死，各處開始鬧饑荒，沿海村落海賊又開始蠢動，林惟慤的任務又加重了。

默娘夜觀天象，日算斗數，感到非常奇怪，因爲種種跡象所示，今年雖不是大豐收之年，但也該是風調雨順的小滿之年才對，怎麼會變成旱災呢？

她出元神到處訪查民情，發現許縣令爲官不正，貪污舞弊，收賄勒索，魚肉鄉民。她猜想，可能是許縣令的惡行重大，遭致天界怨怒，而降罪於他的管轄之地。百姓們苦不堪言，默娘嘆息，卻也無計可施。

有民眾在街談巷議時，想起燒屋爲羅馬人引航的默娘，「聽說湄洲島的林默娘有飛天提燈，爲人指點迷津的神力，我們何不請她來爲大家祈雨呢？」

「喔！有道理，既然她有神力，一定能呼風喚雨。」

「可是我們只是普通百姓，素昧平生的，我們去求她，她會願意嗎？」

「聽說她很有愛心，應該會同意吧！」

「不如請縣令出面去請她，在縣衙前公開設立一個大神壇，這樣比較有誠意，不是嗎？」

隨著有人起鬨，這話便傳揚開來，百姓們接二連三跑去跟縣令請命，催促他前去湄洲島拜託林默娘來祈雨。許縣令還爲了提親之事不爽快，不是很想去求默娘，可是來人越來越多，旱象日益嚴重，而饑荒漸有餓死者，這些如泰山之勢的壓力逼得他只好順從民意了。

這一天，許縣令在眾人簇擁下，帶著師爺渡船而來。

他對默娘打躬作揖，「連月以來天無滴雨，大地乾涸，作物枯死，各地鬧起饑荒，百姓生靈塗炭，民不聊生。今日我領著民意懇託而來，請神姑幫忙，爲大家祈雨。黎民百姓全仰望你爲他們開壇作法，請你一定要答應。」

林惟慤和王氏也說：「確實乾旱很嚴重，默娘，你快去幫幫忙吧！」

默娘自知沒有祈雨的法力，而且這乾旱的主因就在這貪官污吏身上，她就是去了也是白去。不過，她故意擺起架子，翹起下巴說：「要我去祈雨，可以，但是你必須先答應一個條件。」

「什麼條件，請說無妨。」許縣令彎腰恭聽。

「祈雨祭典一開始，你必須為自己貪贓枉法的罪行向上天懺悔。」默娘不客氣地說，「這樣上天才會願意降下甘霖，因為這一切災難全是你害的。」

「什麼？你……」許縣令臉都脹紅了，氣呼呼地反駁說：「你憑什麼說我貪贓枉法？你拿出證據來呀！你有嗎？」

默娘笑說：「你想，我怎麼會知道這些齷齪事呢？舉頭三尺有神明，都是老天告訴我的，你當眞要我拿證據嗎？」

許縣令心虛，說不出話。

師爺急忙對縣令耳語：「大老爺，如果不趕快解決乾旱的問題，不久鬧出更多人命，終會引發民變而驚動上面來調查處理，到時候被查出以前的事來，東窗事發，恐怕是要掉腦袋的。」

許縣令一聽，思前想後，不得不說：「好吧！」

默娘屈指一算，說：「三天後是吉日，午時一刻乃良辰吉時，就在那時開壇吧！地點就在縣衙前的大埕上。請幫我準備香爐、銅鈴、香燭、檀香粉、五牲、鮮果六盤、乾果六盤。壇高三尺，五米見方，方圓三十米之內不准閒雜人等進入。」

師爺一旁做下筆記。

默娘又強調：「還有別忘了，縣太爺您的千字懺悔文。」

「千字？」許縣令張大眼睛，覺得爲難。

「不對，不對。」默娘看他執迷不悟，故意修理他。「是三千字。」

「什麼？你太過份……」許縣令又要發作。

師爺急忙拉他衣袖，「老爺，三千字不多，很好寫，很好寫，資料很多很多，我來寫就是了。」

許縣令惱羞成怒，又不敢發作，懷恨在心。

默娘又提醒：「你們先回去準備，我後天啓程，一定讓天上降下大雨。」

師爺九十度鞠躬，小心謹慎地說：「一切拜託了。」

許縣令不再委屈自己，翹起下巴，挺著腰桿，鐵著臉拂袖而去。

眾人離開之後，王氏憂心地說：「默娘啊！你這下大大得罪了縣令呀！」

林惟愨卻正氣地稱讚，「我支持默娘，怕他什麼？惡馬還得惡人騎，像這樣的小人需要受到教訓才會學乖，只怪我的官職卑微，我如果是他的上司，早就將他法辦了。」

「爹娘不必擔心，如果許縣令能夠因此眞心懺悔，那是功德一件，我這是在幫他呢！」默娘說。

「說的是。」倆老點頭贊同。

接著默娘進內室去打坐。半個時辰後，她離開家，到林子裡折下一枝粗長的桃樹枝，帶去找劉明。

劉明正在爲鄰居阿伯針灸治療五十肩，看到默娘和桃樹枝，滿臉好奇。

默娘問劉明：「請你幫忙，把它削成一把桃木劍，好嗎？」

「沒問題，這很簡單，今晚就能做好。」劉明點點頭，「只是，做這個要幹嘛？」

「密法上有說，桃木劍是修道人用來斬妖除魔的利器，邪魔妖怪或許刀槍不入，可是一遭桃木劍刺中，必定受傷。而三天後，我將在莆田縣衙前開壇祈雨，當我在壇中央打坐的時候，你假扮我的弟子，拿這把桃木劍在旁邊揮舞，幫我壯壯聲勢，好嗎？」

「原來如此。」劉明微微一笑，「這沒有問題，可是我不會念經，也不會咒語，光是舞刀弄劍，怕是唬不了人。」

默娘隨手從劉明桌上拿起一本書，「那簡單，你在嘴裡唸著這本書就可以了，反正人群離我們很遠，沒人聽得見。」

劉明看看書名是古老醫書「黃帝內經」，會意的哈哈大笑。

兩天後的下午，林惟慤領著班員駕船，載著默娘和劉明，一行人浩浩蕩蕩出發。眾人在附近的驛館住了一夜，隔天上午默娘和劉明到衙門前就位，其他人則在人群中一起觀禮。

午時一刻，默娘先行點燃香燭，對空三拜，並在香爐裡加燃檀香粉，剎時煙霧瀰漫，香氣薰人。她拿起桃花劍比劃幾下，嘴裡唸唸有詞，其實都在數落許縣令的罪狀。

唸完之後，他請許縣令跪在壇前，宣讀懺悔文。

許縣令跪下，艱難地讀著文字：「我，莆田縣縣令許秀九，敲詐百姓，收賄行賄，玩弄司法，陷害忠良，愧對黎民百姓，遭致天怒人怨，以致於上天降旱災於莆田，今日敝人知錯罪己，望上天垂憐百姓之苦，賜降甘霖以解火熱。爲表敝人誠心，茲詳列罪狀如下：一、收受黑心商人魏鼎新兄弟匯款一萬兩……」

烈日當空，他紅著臉，慚愧得滿頭大汗，不時挽袖去擦。默娘一旁提醒：「大人，神佛跟我說，你念得太小聲了，祂們聽不見啊！」

縣令無奈，只得大聲誦讀，並且加快速度，好縮短尷尬的時間。

「……七十八……八十七……九十九、強徵民地，納爲私產，招租佃農，十年來獲得不法營利八千兩……」

終於宣讀完一百條罪狀，許縣令低著頭，將懺悔文交給默娘。默娘將文章插在桃花劍上，引火焚燒，並叫縣令繼續跪拜，直到法事完畢。

縣令兩腿痠麻，很想起來休息，但眾目睽睽之下，迫於無奈，只得忍耐遵從。但他心中卻恨恨地想著，這婆娘最好眞會祈雨，否則這番羞辱，一定要討回來。

默娘把桃花劍交給劉明，自己走入神壇中心打坐。劉明舉起木劍，在神壇上搖鈴揮舞，急速地背誦經文。

到了午時三刻，東方悄然湧進一團又一團的烏雲，遮蔽了太陽，大地一片陰黑，空氣轉成濕涼。緊接著「轟隆——轟隆——」雷聲大作。

群眾驚喜，陣陣騷動，就連許縣令也張口結舌，望著天空不敢置信。

「你們看，那是什麼？」有人指著天空大叫。

大家順著方向望去，只見濃密的烏雲中有東西在鑽動，詳細再看，彷彿魚鱗一般若隱若現。

冷不防，一顆龍頭從雲層上方探出來，張嘴大吼：「吼——」瞬間又退隱消失。

「是龍……」人們話還沒說完，「嘩啦——嘩啦——」驟雨狂下，雲層變薄，天光透出，無數的水珠成了鏡子，彼此交互反射再反射，空中突然大放光明。

「下雨了，眞的下雨了，太好了，太好了……」

燭火澆熄，地上積水，人人淋成了落湯雞，但個個大聲歡呼，手舞足蹈，然後又忙著跪下來，拜向神壇：「感謝默娘，感謝默娘……」

許縣令坐倒在爛泥巴上，先是驚愕不敢相信，接著驚喜旱象已除，最後是生氣無奈。原來這默娘眞的具有神力，想在她面前扳回點面子，讓她屈服於我，怕是不可能了。

然而，默娘當眞會祈雨的法術嗎？不是的。默娘根本不會祈雨。

三天之前，當許縣令離開她家後，默娘進到房間出元神，進龍宮去質問龍王。

默娘先是說明旱象之苦與縣令之惡，然後不滿地說：「龍王你雖有眼，卻沒有明察秋毫，你一直不下雨，想要用乾旱來處罰縣令，卻是害苦了百姓啊！」

「你搞錯了，我們龍一飛上天，馬上會有密雲跟從，包圍護駕，因此所到之處會降下大雨。但平常日子施雲布雨，是天庭中雨婆的工作，不是我龍王的職責。」龍王連忙辯解：「而且天理昭彰，報應不爽，自作自受，不會殃及無辜。很顯然莆田縣的災情，是雨婆失職。」

「那可怎麼辦？」默娘想了一下又問，「能不能請龍王去跟雨婆講，三天後的午時三刻，到莆田縣補降大雨，好將功抵過？」

「哈！哈！哈！你又錯了，你以為我是玉皇大帝啊？雨婆只聽令於玉帝，我有何能耐可以命令她？何況她也不會聽從的。」

「如果去向玉帝告狀呢？」

「唉！這般小事由我來幫你便可，無須驚動玉帝生氣降罪。改日我遇到雨婆，勸她以後要多留意，算是給她一份人情。」龍王世故地說著，「你說的，三天後的午時三刻，是嗎？」

「是的。」

兩人講妥，默娘便安心地去找劉明了。時間一到，龍王果然依約前來，並且下了一整天的雨，直到隔天午時。

默娘雖然幫大家解除旱災之苦，受到百姓的感謝，但涉世未深的她，不知自己已經得罪對方，結下了深深的冤仇。

十、苦戰晏公痛失心上人

劉明的醫術漸漸獲得街坊鄰居的誇讚，他對自己越來越有信心。他不想去泉州學作伙計做生意了，而是想當個懸壺濟世的醫生，爲世人解除病痛。

入秋之後，劉明做了一個小藥櫥，裡頭放了常用的銀針、艾草、膏藥、藥水和藥丸，他背著藥櫥在莆田縣境內四處行醫。

天氣轉涼轉冷，風寒的人逐漸增加。遇上這樣的病人，劉明除了先給他們針灸緩解症狀，也開藥方讓他們去抓藥回來煎煮，通常兩三帖服下後，就能痊癒。可是立冬之後，劉明在縣衙西邊的村子，發現有些病患治療後仍然高熱不退，咳嗽嚴重，最後竟然在三四天後急喘而亡，而且人數有越來越多的趨勢。

他擔憂地回到湄洲島，下碼頭時覺得十分疲累，並且開始咳嗽。他摸自己的額頭，發覺十分熱燙。

「糟了，莫非是……」

傍晚時，他待在碼頭附近隱密的空地打地鋪，不敢回家。

入夜之後，天空降下小雨，又吹起大風，劉明又濕又冷，病情越發嚴重。

那一晚颳風飄雨，漁民沒有出海，默娘在屋裡練功，心神感應到龍王對她說話。

「默娘，今晚晏公又來鬧東海了，希望你同我聯手去制伏他。」

「可是我的功力尚淺，不是他的對手。」默娘說。

「沒錯，所以我爲你準備了一匹鋼鐵海馬和一副鐵盔甲，你且帶著你的桃木劍在一旁觀戰。等他逃到海口，進入江中，你騎鐵馬追擊，殺他個措手不及。」

「太好了。」

默娘醒來，聽見窗外有「咯咯咯咯……」的聲音，她出去一看，赫然是一匹全身包覆鐵甲的高頭大馬。詳細再看，那隻鐵馬嘴小而尖，鐵骨嶙峋，生有六隻腳，尾巴又捲又長，跟陸上的馬匹完全不同。

馬背上還有一副金屬盔甲，默娘取下穿上，完全合身如同訂製。她進屋內取出桃木劍，跨上馬鞍，鐵馬隨即自動奔馳，直往東海而去。

那海馬非常奇特，腳落在海面上卻不下沉，速度之快如風馳電掣，很快地，前方就出現狂濤大浪，水花四濺，兩條龐然大物交纏翻捲。那白蟒有意掙脫，青龍卻死纏活繞，青龍見默娘趕到，稍有分心，白蟒趁此機會脫去操控，往河口而去，青龍又鑽到前方阻擋。

一蟒一龍就這樣一抓一放地混戰了幾十回合，默娘手握桃花劍，一直想往白蟒身上刺去，卻因為雙方纏鬥得難分難解，怕誤傷青龍而遲遲不敢出手。

天亮時，雨也停了，雙方扭打得累，默娘終於找到機會往白蟒身上一刺。

「啊——」白蟒慘叫一聲，反而痛得奮力一搏，轉身擺脫青龍糾纏，往岸邊加速逃竄。

「默娘，快追！」青龍大叫。

默娘跟在白蟒後面，很快來到錢塘江口，卻看見白蟒爬上岸，鑽進密林子裡。

林子裡雜樹叢生，鐵馬太高大無法進入，默娘只好下馬，獨自走進裡面……

另一邊，在湄洲島的西渡口附近，劉明在冰冷中度過渾渾噩噩的一晚，清早被刺眼的陽光喚醒，整個腦袋越加漲痛，感覺幾乎崩裂。喉嚨一直咳嗽，掏心掏肺地咳，咳得五臟六腑都疼痛不已。全身發脹發熱，氣力全失。

「確實是疫病了，無藥可救了。」

他吸口氣，趁意識還清醒，打開藥櫥，拿出平日給病人開藥單的文房四寶，開始寫信。

寫完之後，將紙張對摺再對摺，背面寫上「林默娘親啓」，然後拿出絲巾掩著口鼻，等在渡船口，速速託付給第一個上岸的人。

拖著懶倦的身子，劉明回到空地收拾東西，不料一蹲下，眼前一黑，全身像是被抽走了魂，昏厥倒地。

默娘警戒地走在雜亂的樹林裡，不時左顧右盼，只要看見任何移動的東西，她都準備用劍刺它。

「噗……噗……」三隻飛鳥騰空而起，嚇了她一跳。而抬頭的同時，樹上的露水滴落在她額間，也害她驚恐地亂揮木劍。

「砰——」她忽然遭受重擊，整個人飛起撞在一顆大樹上。

「啊！」她全身瘦疼，掙扎著爬起來，劇烈的疼痛讓她發現自己扭傷了腰。還沒站穩，就看見白蟒的大尾巴在眼前溜過，一張血盆大口橫著預備將她咬進口中。

「天哪！」默娘以爲這下進入白蟒腹中必死無疑，沒想到，全身的鐵甲堅硬無比，白蟒劇烈一咬竟崩了兩顆巨牙，連忙鬆口。

白蟒瞬間消失，默娘驚魂未定，高舉桃木劍，放低身子，繼續警戒。

黃昏時，劉明又睜開眼睛，看見滿天雲霞，以爲自己已經死去，來到西方極樂世界。他用力吸口氣，卻不斷咳嗽，咳得全身顫抖，咳得腹痛彎腰，這才看見四周景物，知道還在人間。

他虛弱地走到渡船口，看見船家已經回家。

他悄悄上船，強忍著痛苦，往對岸桃花山緩緩划去。

默娘看見林子裡有光，便好奇地往前去看，忽然一個人影從光裡面跑出來。默娘來不及反應，那個人影已經撲在她身上，大聲叫著：「姊姊，姊姊，救我，救我……」

默娘看仔細，竟然是一個白白胖胖的小孩童，穿著一件紅肚兜，死命的要趴在她身上。

「你怎麼會在這裡？你的爹娘呢？一個孩子在林子裡多危險啊！」

那孩子哭著說：「嗚……我和爹爹到林子採草藥，剛才出現一條大蟒蛇，爹爹被牠吃掉了，哇……姊姊救我，我好害怕……」

默娘這才驚恐，難過地說：「唉！可憐的孩子，快隨我離開林子，你住在在哪裡？我帶你回家。」

默娘伸手牽孩童，孩童卻哭鬧說：「姊姊抱，姊姊抱，我怕怕。」

「不行啊！我穿著盔甲，全身硬梆梆的，不方便抱你。」

「脫掉盔甲就好了。」孩童竟跳上默娘的肩膀，伸手要摘掉頭盔。

「住手。」默娘左手一揮，孩童應聲落地，一轉身變成一顆巨大人頭，張著銅鈴大眼，露出尖牙往默娘的臉咬來。

默娘一急，往後倒下，手上的木劍很自然地往上一舉，卻看見孩童的紅色肚兜縮成巴掌大的滲血傷口，落在一條白蟒身上。

白蟒高高飛過木劍，轉眼又溜失了。

劉明划船來到對岸，然後掙扎著走進海邊的山洞，隨即全身癱軟，再也爬不起來。

「小寶——小寶——你在哪裡——」

朦朧中，默娘聽見有人在呼喚，她勉強振作精神，然後扶著腰，往聲音的來源蹣跚而去。

「啊！這位姑娘，請問你有沒有看見一個小孩童？」眼前的男人比畫著。「大約這麼高，這麼胖，圍著一個紅肚兜。那是我兒子，我帶他一起來採草藥，沒想到他貪玩，不知跑哪裡去了。」

默娘的視線漸漸清晰，這位白面男子面貌俊美，身材魁梧，穿著白袍子，文質彬彬，背著一個小藥箱，恍惚間，默娘還以為在跟劉明講話。

「這是怎麼回事？剛剛有個小男孩，變成了……變成了……啊！是晏公！」

「這位姑娘，你怎麼了？看起來滿臉驚駭，是不是在林子裡迷路了？」男子溫柔地詢問她。

「剛剛有個小男孩，恐怕已經被一條巨蟒吃下肚了。」默娘認眞地說。

「哈！哈！哈！姑娘，你眞的是神智不清了，我天天來採藥，這林子熟悉得不得了，從來沒有什麼大蟒蛇，你看錯了，該不是把大樹根看成大蛇了吧！」

默娘蹙眉感到疑惑。

「我看你走路顚簸，表情痛苦，是不是扭傷腰了？」

「是。」默娘痛苦地點點頭。

「正好，我這兒有些藥膏，專治跌打痠痛，非常有效，讓我來幫你貼上。」

默娘遲疑。

「你別擔心，我不是壞人，我幫你脫掉盔甲，你自己貼藥膏，我不會看你的，」男子面帶柔情，施出魅惑之術，「我保證。我是好意的，你乖，來，乖，我來幫你。」

默娘心神漸失，默許男子靠近。

男子輕柔地解開盔甲上的釦環。

「叩——」默娘聽見聲音，近距離聞到男人的體味，便不自覺的將他推開。「不，我不要緊，男女授受不親。」

「不會的，只是用藥治傷。」男子又伸手來摸頭盔。

默娘轉身閃過，來到男子的背後。一抬頭，卻看見他的背上滲出鮮紅的血漬。

默娘抖跳起來，伸出木劍，男子瞬間往前跳開，轉身面對她。

「晏公，你是晏公。」默娘澈底清醒了。

「唉呀！就差那麼一點點。」晏公不甘心地說，「龍王和我糾纏了那麼多年，從來沒能傷害我，沒想到你這女子，竟然讓我受傷流血，可恨啊！」

「我問你，你爲什麼要翻濤攪浪，害死漁民，還吃人？」默娘氣憤地問。

「錯了，我不吃人，我只吃豬。至於漁民死不死，我並不在乎，我去翻濤攪浪只是去向龍王示威。不公平啊！明明崇拜我的信徒比龍王還多得多，憑什麼讓他掌管那麼大的東海，而我堂堂晏公，只能管小小的江河湖泊呢？」

「你的野心害死了我的阿和叔和我大哥，也害死了千百個無辜的船民，實在是太可惡了，你難道不知道你遭受到世人的厭惡和唾棄嗎？」

「哈！你懂什麼？千百年來，我就是在江河裡翻攪，人們才敬畏我，為我蓋廟塑像，對我崇拜有加。你看吧！在這現實的天下，夠惡夠狠，才能贏得一切。」

「不，不是這樣的。」默娘想起死去的花花，「我再問你，幾年前，湄洲島的狗兒們一夜之間全部暴斃，是不是你毒死的？」

「沒錯。」

「牠們跟你無冤無仇，你爲何那麼殘忍？」

「我討厭小狗，在你出生那一天，我看見你家發出紫光，好奇地前去查看，卻突然遭到一群小狗的攻擊，害我落荒而逃。」晏公挑眉說，「十多年後，我聽說有個女子對海許願折壽三十年給漁民，便好奇上湄洲島去查看，想不到一上岸，又是一堆小狗跑來對我狂吠，我被惹得非常生氣，新仇舊恨全湧上心頭，便想了個法子把牠們一起毒死。」

「你真的太殘暴了。」默娘激動不已，氣憤地舉劍刺向晏公。

晏公沒想到默娘還有力氣，一時大意，被刺中左肩。劇痛消耗了法力，使他變回了黑臉的原貌，銅鈴大眼、粗黑豎眉、齜牙咧嘴，教人望而生畏。

「原來這才是你的真面目。」默娘驚訝地說。

「逞兇鬥狠雖能使人敬畏，但是得到的供品並不多，後來我想通了，譁眾取寵才能魅惑人心。哼！世人多以外貌取人，我不過是投其所好罷了。自從我變化成白面美男子，婦人們就爭相崇拜，各地廣設廟宇，香火不絕。」晏公得意一笑。「哈！俊俏外貌，溫言軟語，從來就不曾失敗，剛才你不也對我卸下心房，只可惜讓你看出破綻……」

眼看傷不了默娘，他乾脆變回原形，溜出林子，潛入錢塘江中。

默娘腰傷疼痛不已，無法追趕，只好騎上鐵馬回家。

到了家門，脫去盔甲，鐵馬即刻馱著盔甲奔入海中。

一進家門，嫂嫂驚呼：「默娘你跑去哪裡了？五天不見人影，公公婆婆都好擔心。」

「五天？」默娘吃驚，想不到在林子裡迷茫了那麼久，竟然渾然不覺。嫂嫂焦急地拿出一封信，「你趕快看，你離家後我才收到。」

默娘讀了之後驚怕不已，因爲信中寫著：

「我染上瘟疫，怕傳染島民，決定前往桃花山下山洞隔離。我死之後，必以火燒化，以免疫病傳人。劉明。」

默娘有股不祥的預感，她即刻進房打坐想出元神，怎奈腰痛得不得了，無法入定。焦急的她只好到鄰居漁家央請幫忙，撐船載她去湄洲島西北的對岸。

那兒桃花山下，有個高大深邃的海蝕洞，千萬年前地殼隆起，洞口因此離岸數十米。

下船之後，默娘咬著牙，用最快的速度來到洞門口，高聲呼喚：「劉明——劉明——」裡面傳來回音，卻也只有「劉明……劉明……」

洞內很陰暗，看不清方向，回音落定之後，再也沒有任何聲響，默娘不覺心頭一沉。

等適應了裡頭的暗度，赫然看見劉明就趴在不遠的牆邊，一動也不動。

她急忙上前叫喚，卻發覺他已經氣絕多時。

「嗚……是我的錯……都怪我去抓晏公才來不及醫治你，是我的錯……嗚……」默娘十分自責，傷心落淚。「對不起，劉明，對不起，如果早知道你會染病，我一定不去管那個晏公。」

「劉明，你生病的時候一定非常痛苦，非常寂寞，對不對？如果我能陪在你身邊就好了，對不起……」

想到這兒，默娘心如刀割，放聲大哭。

「劉明……劉明……今生無緣，我們來世再作夫妻，好嗎……嗚……」

過了好久，淚已流乾，她稍做鎮定，想起劉明交代的遺言，便到附近撿拾乾柴，堆放在劉明身上。

火光燃起的時候，她彷彿在翻捲的火舌裡看見昔日兩人相處的片段。教他識字時，他一開始的笨拙樣；她假裝數落他不用功時，他滿臉的委屈；他帶小卷來送她，爲她烤小卷的專注表情；黃昏時海邊約會，他一拜天地的作弄，兩人調皮的追逐，還有滿眼的金邊彩霞，微風、浪花、夕陽，精緻的燕鷗木雕和深情款款的他的眼神……

火光映在默娘蒼白的臉龐，她感覺自己的心中從此失落了一大塊，永遠永遠也補不回來了。

這一年默娘十九歲。

十一、擒惡鬼治怪病感化貪官

默娘回家後，打聽出疫病的症狀，然後研究醫書，找到了治病的藥方。她請爹爹抄寫成許多份，分送給村民，也請人送到對岸縣境內，很快地疫情獲得控制，不久就銷聲匿跡。

莆田縣有個高里村，開春之後，有個村民得到怪病，肚子鼓脹有如青蛙，四肢卻消瘦如竹枝，不思飲食，精神萎靡。看過大夫吃了藥，瀉一堆黑便，好了幾天，然後病情又急轉直下，越加嚴重。

家人無奈只得扶著他去廟裡找蕭道士。

蕭道士看過後說：「中煞了，非常嚴重。」

問病人，身體是如何不舒服的？病人說：「那天我從田裡回來，快要進家門時，突然看見一片黑影往我罩過來，我定神的時候，發現是有人對我撒沙子。我以爲是小孩子惡作劇，正想罵人，這時聽見屋頂上有怪叫聲，抬頭一看，一團影子往後退去，進屋之後，肚子就開始脹了。」

「看清楚是什麼嗎？」蕭道士問。

「沒看清楚。」

「這是鬼怪含沙射人，先害你生病，等你好一點，又趁機對你吹陰風，加重你的病情。」蕭道士說。「帶我去作法除妖。」

蕭道士來到村民家，搖鈴作法，兩天之後，那個村民就好起來了。

然而，正當大家歡慶的時候，隔壁鄰居也發生同樣的症狀，大家才知道，蕭道士並沒有能力消除鬼怪，只是把他趕離那戶人家而已，他又去別家作祟了。

兩三次之後，村民們不堪其擾，便不辭路途之遙，上湄洲島請默娘幫忙。

默娘詳細瞭解情況之後，拿出紙筆、硃砂，寫了一疊符咒，「你們回去之後，到附近村莊挨家挨戶分送，叫大家貼在門窗上，就可以防止鬼怪侵害。」

村民離開後照著做，那個鬼怪一靠近門窗，就有一道紅光閃爍向他發射，他全身如火在燒，灼熱疼痛，難過得不得了。他跑到別家也遇到同樣的情況，他知道是符咒的法力，只好狼狽逃走，另找下手的機會。

找來找去，發現他第一次騷擾的那一戶人家，屋簷下的牆壁有個破洞，正好可以容納鴉雀進入，因此他變身成一隻小鶺鴒，鑽到屋子裡面繼續害人。

屋主舊病復發，這一戶人家受不了，趕緊打聽符咒的來處，找上默娘。默娘非常生氣，「可惡的高里鬼，我好心趕你離開，不想傷害你的生命，你卻不知警惕繼續害人，吸取無辜百姓的精氣神，實在是太過份了。」

她拿起桃木劍，跟隨來人去到高里村，然後進到屋子，往天花板揮劍。剎時劍尖發出紅光射向一團黑影，那黑影掉落地上掙扎，默娘要上前斥責他，他卻又化做小鶺鴒，飛出屋子，往野林去。

默娘趕到林子裡，發現樹上到處都有小鶺鴒，怕傷害無辜，不敢輕易動手。

那鬼怪不甘心三番兩次被紅光灼燒，就含沙噴向默娘報復。默娘看見空中有黑霧噴來，急忙掏出絲巾阻擋，沒有讓黑沙罩上身子。而同一時間，她認出鬼怪的方向，口念咒語，加強法力，直接對準柏樹頂端的小鶺鴒揮劍。

「啾——」那隻小鶺鴒慘叫一聲，全身著火。

他振翅想逃，卻直接墜落地上。默娘過來一看，火已經熄了，哪裡是小鶺鴒，而是一團枯黃的亂髮。她加緊符咒，再燒亂髮，隨即有個聲音大叫：「別再燒了，別再燒了，我會死掉的。」

亂髮現出原形，是一隻禿頭醜陋的小鬼。

小鬼跪地求饒：「求求神姑放過我吧！我答應你，絕對不再害人了。求求你，拜託，拜託！」

默娘看他滿臉焦黑，頭也給燒成禿子，不覺生起憐憫之心。

「好吧！你好自爲之，不要再害人了，不然我一定不會放過你的。」

「謝謝神姑，謝謝神姑。」小鬼跪拜道謝，說完急忙逃走。

默娘趕走了高里鬼，開心地返回湄洲島，不過她不知道，幾天後這小鬼又進到房屋內，安安穩穩、快快樂樂地吸著人們的精氣神。

奇怪的是，這戶人家竟然沒人生病，沒人去找救兵，因此都沒有人知道。

三個月後，默娘在屋外晾曬衣物，忽然有一大片黑霧從空中覆蓋下來，她被籠在其中，全身發冷，緊接著肚子開始鼓脹起來，越來越膨大，非常難受。

一隻大烏鴉在空中盤旋，呀呀亂叫。

默娘急忙運氣守住心關，然後對自己的肚子念咒，十幾秒後一股強力往胸腹擠壓，她哇拉哇拉地吐出一地的黑沙。

大烏鴉凌空而降，落在默娘面前，變成一隻大鬼。

默娘驚訝大叫：「高里鬼，你爲何變得這麼強大？」

「哈！哈！剛剛吸了你的精氣神，我覺得自己又變大了兩倍。有修練的人果眞不一樣，精氣神旺盛，是一般人的數百倍啊！」高里鬼擦擦嘴角。

默娘吐完黑沙，精神還有些疲憊。高里鬼張嘴，又要對默娘噴黑沙。

「等等，三個月前，我好心放你走，讓你自由，想不到你現在恩將仇報，實在太沒有道義了。」

高里鬼無奈地說：「唉！我也是迫不得已。」

「你少爲自己找藉口，看起來你不但沒有改過自新，還變本加厲，到處吸取人們的精氣神，從小鶺鴒變成大烏鴉。說，你躲在哪個村落去害人了？」

「你少管我，反正今天你如果不死，我便無法交差。」

高里鬼張嘴噴沙，默娘隨手拿起一旁的衣物遮擋，逃過一劫。

高里鬼又化成大烏鴉，飛到天上要噴沙，默娘連忙跑進屋內，拿出桃木劍對牠揮去。紅光射中大烏鴉，大烏鴉卻無動於衷，只稍稍停頓一下，又要來攻擊。

默娘取下脖子上的銅符和鍊條往大烏鴉丟去，同時念了咒語喊聲

「變」，銅符和鍊條發出紅光，直接套上烏鴉的身子，將牠緊緊綑綁，牠瞬間墜地變回大鬼。

默娘滿身大汗，喘著氣質問：「說，你要向誰交差？」

高里鬼沉默不應。

「好，不說清楚，我也不追究了，等我用桃木劍將你一劍穿心，到時候你就是想說，也來不及了。」默娘舉起桃木劍，作勢要刺他。

「神姑別刺！我說，我說。」高里鬼下跪求饒。「是許縣令叫我來殺你的。」

「許縣令？」默娘好驚訝。「我曾經幫助他祈雨，爲何他要害我？」

「她說你在全縣的縣民面前羞辱他，害他丟人現眼，無地自容，他嚥不下這口氣，一定要討回公道。」

「你爲什麼要聽他的命令？」

「上回你走之後，我本來打算不再害人了，就回到林間捕抓小動物唯生，沒想到那個蕭道士又找到我，說許縣令願意養活我，要我去歸順他。」

「養小鬼？」默娘十分好奇。「他如何養你？」

「他讓我住在牢房的屋頂，每天開大門讓我進去吸取犯人的精氣神，一天一個人。你知道嗎？那簡直就像小娃娃吸到乳娘奶，太開心了，我當然樂意歸順他。」

「這太沒人性了，犯人也是人啊！許縣令竟然假公濟私，養小鬼。想必你害死不少人吧！」

「不多，七個而已。」

「放肆！」默娘大怒。「簡直是天理難容。」

高里鬼臉紅低頭，「不過，昨天他關了牢房門不讓我進去，要我先來殺了你，否則不再供應其他犯人，還叫蕭道士把我趕走。我不得不聽，只好來害你。」

「這個許縣令竟然如此壞心眼，我真不敢想像。」

「唉呀！人心險惡，不要隨便得罪人啊！」高里鬼嘻嘻笑。「神姑，你放了我，我回去殺了許縣長幫你報仇。好不好？」

「胡說，我怎麼會跟他一樣奸惡呢？」默娘板起臉，鄭重地說，「我不跟他計較，就當作這件事沒有發生。至於你，不可以再回去害犯人了，你留在湄洲島，林子野地都有小蟲小獸可以捕捉維生，不要再害人了。」

「遵命。」

「如果再執迷不悟，我一定取你性命。」

「知道了，謝謝神姑。」

默娘收回銅符，高里鬼化回大烏鴉，留在林家旁的林子裡，安分地當一隻鳥兒。

默娘想到許縣長，不禁嘆口氣：「唉！人心險惡，人心險惡……」

匆匆一年過去，舉行完大哥的祭儀後一個多月，接著來到了劉明的祭日，默娘提著謝籃，帶了祭品，搭船到對岸的山洞來拜他。

去年此時，默娘燒化了劉明的遺體，就將他葬在山洞邊的空地上。而這地方變成了兩個人共同的私密地，她常常出元神到這裡來看看，對著墳塚說說心事，就當作劉明還在一般。

這一天倒是眞正的舊地重遊，她拿出袖子裡的燕鷗木雕撫摸著，心情格外沉重。

點了三炷香，默娘說：「劉明，你爲了救人而不幸病死，我心裡很是敬佩你。盼你在另一個世界能平安快樂，不要有牽掛，不要有煩惱，就像燕鷗一樣，在空中自由自在的飛翔。」

往事歷歷如在眼前，默娘回想著，不禁潸然淚下。

「救命啊！救命啊！不要，喔！救命……」

怎麼突然從山洞裡頭傳出女人的求救聲？

她從回憶中驚醒，拿起剩下的香把點燃火炬，走進洞內一探究竟。

雖然她曾經進過這個山洞，但是沒有看清裡面的模樣，這時細看洞內十分深邃，洞徑十分寬廣，而求救聲正由更深處傳出來。

「你不要這樣，天哪！救命啊……」越往前走，那聲音越發尖銳響亮。再走兩步，還傳出了男人的聲音：「哈！哈！哈！你叫啊！你盡量叫，我就不信會有人聽見。」

「桃花山一帶是我兄弟的地盤，誰敢來救你？」想不到還有另一個男人在說話。

「不要脫我衣服，你們兩個色鬼，啊！救命啊！」

默娘一驚，往前狂奔，見到遠處出現亮光，又加快腳步。

「住手，你們在做什麼？」默娘來到另一個大洞口，看見一個紅臉人和一個綠臉人，正面目猙獰的侵犯著一名女子，立刻大聲喝斥。「兩個男人竟然欺負一個弱女子，你們眼裡還有王法嗎？」

「啊！」男人們見到一個陌生女子從洞裡面跑出來，十分錯愕，但馬上又生起色心。綠臉的男人抹去嘴角的口水，笑說：「哈！老弟，這個新來的我喜歡。來吧！手上這個就讓給你獨享了。」

紅臉的抓住女子的頭髮，「謝謝大哥。」

那女子衣衫不整，表情痛苦，慌張地對默娘喊叫：「你趕快逃，他們兄弟都是妖怪。快逃！」

「乖，不用逃，」綠臉的指著自己的眼睛說：「我是千里眼，就算你逃到天涯海角我都看得到，馬上就把你抓回來。」

紅臉的也得意地說：「沒錯，就算你躲到我大哥看不到的地方，我也聽得到你的呼吸心跳，因爲我是順風耳。哈！哈！哈！」

千里眼撲過來要抓默娘，默娘閃過，並一個箭步推倒順風耳，那個女子用力掙脫束縛，慌忙逃出洞口。

順風耳爬起來追出去，默娘怕他捉到女子，又追去將他絆倒。

這時千里眼手拿鋼鞭和巨斧跑出來，把巨斧丟給順風耳，「這個女人不簡單，好像練過功夫的，把她抓起來。」

兩人揮舞著武器向默娘進攻，默娘大喝一聲，念起咒語，剎那間天上翻起紅雲，狂風大作，兩個人嚇呆了。

千里眼覺得不妙，「沒想到今天會遇到高手，老弟，好漢不吃眼前虧，先逃再說。」隨即化做一團光輪，往西逃去。

「大哥，等我。」順風耳也急忙變成光輪。

默娘掏出絲巾，往空中一揮，狂風順著手勢捲起沙暴，順風耳的光輪立刻被熄滅。而此時，千里眼竟然也失去光輪之形，掉回原地。

默娘頗驚訝，但見到千里眼突然腹脹，沒三秒就大腹便便，疵牙咧嘴地喊疼，就明白原委了。

「啊——啊——」大烏鴉從西方飛過來，落在一旁樹梢上。

順風耳高舉武器頑抗，默娘正要施法制伏他，大烏鴉卻搶先一步向他噴出黑沙，他也跟著漲起大肚子，虛弱地丟下武器。

「神姑饒命，神姑饒命。」兄弟兩相繼下跪求饒。

默娘質問道：「你們是什麼妖怪？怎麼會在這裡？給我詳細說清楚。」

千里眼急著解釋，「我是桃精高明，我弟弟是柳精高覺，我們兩兄弟原是遠古時期棋盤山上的精怪，吸取了軒轅廟中兩個鬼差塑像的靈氣而化身成人形。」

順風耳接著說：「兩千年前，我們兄弟一個能看一個善聽，就被商紂王延攬到大軍中爲他作戰。我們跟周武王交戰，屢屢建立奇功，但後來姜子牙算出我兄弟天賦異稟，就在戰鬥時大鳴鑼鼓，害我聽不清楚，又故意擺出大旗陣，遮蔽我大哥的視力。我們打了敗仗，被姜子牙用狗血淋頭，削弱大半的法力，受傷逃亡。」

默娘說：「既然如此，爲何會躲在這桃花山呢？」

千里眼說：「爲了逃避追殺，我們一路往南，逃亡到了閩地，發現這兒有幾個大山洞，而且洞洞相連，是隱蔽藏身的好所在，所以就留在這兒養傷修練。兩千年過去，又修回原來的道行。」

默娘生氣的教訓他們：「你們既然是修行之人，怎麼只有修法術，不修心性，還擄人凌辱？實在是非常不應該。女子的清白豈容你們玷污？實在是太缺德了。」

「神姑恕罪，我再也不敢了。」千里眼求饒道。

順風耳也磕頭說：「我也不敢了，求你原諒我。」

「好，念在你們誠心悔過的份上，我就原諒你們，希望你們安分修練，不要再去欺壓平民了。」

默娘念個咒語，往兩人肚子一指，他們爭相吐出一坨又一坨的黑沙，這才漸漸恢復力氣。

兩怪護送默娘穿越石洞，來到劉明墳邊收拾東西，然後搭船回家。

才進村子，就聽人對她說：「你快回去，縣令大老爺帶了一群人到你家，不知有什麼事呢？」

默娘狐疑的回到家門口，見一堆衙役分列兩旁，一進廳堂，桌上堆著禮物，許縣令領著師爺噗通一聲，向她下跪。

「嗚……請神姑幫忙救命啊！」他滿臉憔悴，哭著說：「我三個妻子、四個兒子都莫名其妙得了怪病，同樣反覆發高燒，退了又燒，退了又燒，無法進食，瘦得皮包骨，看了醫生也請道士作法，都沒有用啊！眼看著就要沒氣了，求神姑幫幫忙吧！嗚……」

默娘覺得怪異，轉身對外面大叫：「高里鬼，進來。」

「啞——」一隻大烏鴉應聲飛進屋子，落在地上變成大鬼，然後跪在默娘面前問：「請問神姑，找我有什麼事？」

默娘問：「許縣令說，他有七個家人一起生了怪病，是你搞的鬼嗎？」

「沒有，不是我。」高里鬼鄭重否認。「除了剛才尾隨你去桃花山之外，我一直沒有離開過湄洲島啊！」

許縣令看見高里鬼，心虛臉紅，慚愧地說：「過去都是我不好，得罪了神姑，請神姑大人不計小人過。我今天誠心來道歉求藥，請神姑務必接受我的一片赤誠。」

「這就怪了。」默娘一手握銅符，一手屈指神算，「嗯！嗯！我知道了。許大人，這是因果病。」

「什麼是因果病？」

「許大人，你飽讀聖賢之書，一定瞭解什麼是因果病，種善因結善果，種惡因得惡果。既然惡果來自於惡因，那麼要改變惡果，不是應該另外種下善因嗎？」

「這……」

「我開個藥方給你，保證藥到病除。」

默娘拿出紙筆寫字，很快就寫好。許縣令拿過去讀起來：「賑濟千戶人家，散盡萬兩白銀，清廉愛民如子，良心永保全家。」

許縣令這次終於有所領悟，向默娘道謝。

默娘從灶房裡拿出七葉菖蒲，交給許縣令，「你把那藥方抓好了，然後把這菖蒲煎成茶水，給病人們喝下，很快就會見效，就看你願不願意做了。」

許縣令下跪磕頭說：「願意，我當然願意，謝謝神姑，謝謝神姑。」

說完就快快拿著藥方回去了。

大堆人馬回到縣衙之後，許縣令忙叫人去煎湯藥，一邊把衣櫥木櫃打開，拿出裡面的金銀財寶，叫人拿去兌換成銀錢。隔天還開倉賑濟，請縣內的窮苦人家，鰥寡孤獨廢疾者，都來領米糧，領銀錢。分完錢財之後，他還命令屬下對自己施行杖刑，足足打了三十大板。

對於這一些反常的舉動，大家都感到不可思議，而更令人驚訝的是，縣令的家人喝下湯藥之後，一個個都神奇康復了。

那時開始，許縣令才洗心革面，遠離奸商施賄，公平對待訴訟，廉潔自持，樂善好施，完完全全變了一個人。

默娘聽說許縣令變了，非常開心。她對高里鬼說：「你不要再跟著我了，現在許縣令變成了善人，你應該回到莆田縣去幫助他，保護他，助人爲善也是大功德！」

「遵命。」

高里鬼聽命之後，化做大烏鴉，飛到縣衙屋頂。只要看見奸商貪官要來誘惑許縣令，他就會俯衝而下，將他們趕走。

久而久之，莆田縣再也沒有壞人出入了。

默娘繼續護持漁民，隨時爲她們引航，也不停地修練。

一年多後，每一項法術都漸漸精進晉級，她還練得讓東西變大縮小的法力，只要催動咒語，銅符和桃木劍可以變大數倍，變成更強大的防身武器。

她還練成布陣之法，施放迷宮之術，可作爲防衛之用，也能迷惑敵方軍心。

而這兩年來，東海除了有船隻迷航，或遇颶風大雨才有船民求救，完全不曾聽到晴天時遭遇海怪侵擾的消息。默娘心想，不知是否晏公傷重死亡？或者晏公受傷後已主動檢討反省，不再任性妄爲？如果是這樣，那就太好了。

又過了幾個月，同樣是大晴天，她卻感應到漁民在水上呼救。不過這一回不是來自東海，而是湄洲灣內有妖怪在興風作浪，奪取漁民的魚貨來吃。

莫非又是晏公？

十二、降伏千里眼順風耳同鬥龜精

默娘出元神前往搭救，赫然發現，作怪的不是晏公，作怪的居然是千里眼和順風耳。

許多漁民跳海求生，默娘一一將他們救起，安置到岸上，然後責罵千里眼和順風耳說：「你們在做什麼？這會害死人的。」

千里眼剛吃完一船的海鮮，將船丟到岸上，「修練太無聊了，山上的野菜、素果和山豬、飛鳥也都吃膩了，我兄弟想吃海鮮，看這些船有那麼多海鮮，大口吃起來實在是過癮啊！」

岸上的人都害怕地蹲下來，身體縮成一團。

「你們兄弟曾答應過我不再出來害人，爲什麼現在故態復萌？」默娘生氣地問。

順風耳嘿嘿一笑，「上次你會打贏我們，是藉由那隻大烏鴉吐沙的法力才辦到的，現在我兄弟倆已經練成了防護黑沙的法術，再也不怕你們啦！」

看來光是讓他們虛弱無力並沒有喝阻的效果，默娘心想，不知這兩人有沒有什麼弱點？她假裝示弱：「沒想到你們變這麼厲害，我甘敗下風。」

她的元神隨即飄走，其實是隱藏在桃花山後，對玄通道長發出「心神感應」：「道長，道長，你在哪裡？」

一會兒後，有人來到身邊，現身的不是白鬍子的玄通道長，而是小孩童的善財童子。默娘連忙問說：「請問道長，遠古時代棋盤山有兩個精怪，一個桃精，一個柳精。請問他們是什麼來歷？有沒有什麼弱點？」

「這我也不知道，不過不難，你隨我到南海普陀山紫竹林，去問觀世音菩薩就可以得到答案了。」

兩人攜手，飛越千里江山，來到觀音面前。

觀音知道來意，隨手往雲端一抓，一本天書跟著落下懷中。

翻閱天書之後，菩薩說：「千里眼是桃精，他最初的前身是北方的水星。順風耳是柳精，乃是西方的金星下凡，根據五行相生相剋的原理，你只需要用土來剋水，用火來剋金，便可以了。」

「感謝菩薩相助，也感謝道長幫忙。」默娘拜別，回到湄洲島。

她帶上桃木劍，又出元神來到湄洲灣，開始施法念起「布列石陣」之咒。

不多久天搖地動，桃花山上的巨石晃動，並且一一拔地而起飛到空中，然後落在湄洲灣上形成一個龐大的巨石迷宮。

千里眼和順風耳看到眼前被山石阻擋，十分驚訝，慌張地到處找尋逃生出口。兩兄弟一起逃，但經過幾個岔路，竟各自逃往不同方向。

「大哥，你在哪裡？」順風耳急得滿頭大汗。

「老弟，你跑哪裡去了？老弟，老弟……」千里眼叫了半天也沒人回應，心生恐慌。

默娘飛在空中俯瞰，看到千里眼往西，順風耳往東，正是下手的好時機。

她左手一招，挽起萬斤土山壓向千里眼，千里眼被壓得雙眼外凸，五臟將裂，氣喘吁吁。

他又用右手揮動桃木劍，在劍尖燃起一團火球，扔向順風耳。順風耳瞬間焚燒起來，原地亂跳，驚聲尖叫。

千里眼哭著哀求：「嗚……神姑請快移走土山，不然我將全身碎裂壓成肉餅，求求你。」

順風耳哇哇叫著：「快停！快停！再不熄火，我會被燒死，魂飛魄散，千年的道行也將化爲烏有。」

千里眼求饒道：「救命啊！神姑，我願意當你的奴隸，供你差遣。」

順風耳也說：「快快停火，拜託，拜託，我可以爲你做牛做馬，給你使喚。」

默娘笑說：「我不會把你們當奴僕差遣，也不會當牛馬使喚，我希望你們跟著我一起行善救人，彌補罪過。願意嗎？」

「願意，願意。」

「願意，一百個願意。」

默娘再念個息咒的咒語，土山、烈火和巨石迷宮，瞬間都煙消雲散。

默娘下到岸邊，兩位神怪上岸跪拜臣服。她又說：「以後啊！千里眼，你幫我留意著，遠方哪裡有人發生災難，速來向我通報。順風耳，你也幫我注意，聽聽哪裡有人呼救，趕快讓我知道。」

「遵命！」兩兄弟異口同聲回答。

原本默娘經過幾年的修練，「心神感應」已由方圓數十里擴及五百里，現在多了兩人相助，更可遠及千里之外，直達南海與北海。

在三人的合作下，他們救了兩船從日本來中國取經的和尚，救了在高麗觸礁的大船；也到南海，在颶風中搭救了十幾條商船組成的大船隊，挽回幾百條的人命。擴大了救難範圍，默娘可以救助更多人，感到喜悅的感動。

兩年後的某一天，東海又傳來船難，默娘又出元神，千里眼和順風耳化成光輪，跟隨她前往搶救。

到了目的地，發現是一隻直徑三十公尺的大烏龜在作亂。牠不但把海水攪得天翻地覆，還故意潛到大船底下，再快速浮上來，把大船頂起來在牠背上翻覆。

船上的人都落在海中，默娘先將他們救到岸上，接著去對付大烏龜。她用桃木劍刺烏龜，又放劍火去攻擊牠，但烏龜的殼十分堅硬，絲毫不受影響。烏龜想下潛，默娘只得掏出銅符，拉著鍊條的一端，往烏龜丟去。

「變——」銅符和鍊條變大，瞬間套住烏龜的脖子。烏龜想把頭縮進大殼裡，但默娘用力一拉，頭又被強拉出來，幾乎窒息。

默娘生氣罵說：「可惡的海龜，竟敢不顧海龍王的管束，跑來害人。」千里眼和順風耳跳到他的背上，用鋼鞭巨斧不停的又鞭又砍，把龜背打出一條大裂痕。

「放手，放手，我不是海龜，我是太湖的陸龜。」烏龜求饒說：「求求你們放過我，我是被逼的，是晏公逼我來這裡挑釁龍王。」

「晏公？」默娘好驚訝，原來晏公不但沒死，而且還在作惡。

突然間一張血盆大口從海中冒出來朝默娘咬來。默娘驚愕萬分，將身子一偏，所幸逃過尖牙的啃咬。

一條白色巨蟒瞬間劃過半空，激起騰空的浪花。

「原來晏公埋伏在旁邊，用烏龜當作誘餌，要引誘我來這兒傷害我，實在是太狡詐了。」

默娘看那白蟒比起多年前還要粗壯，還要巨大，想必晏公這幾年不僅把傷養好，也增強了威力。

默娘脫下烏龜脖子上的銅符往白蟒拋去，並念了咒語使其變得更大。銅符的鍊條膨脹成大腿那麼粗，緊緊將白蟒纏繞住。

默娘拉住鍊條一端，想駕馭白蟒，不料白蟒力大無窮，默娘只好鬆手。同一時間，白蟒將口鼻透出水面，狠狠吸了一大口氣，把身子膨脹成三倍，銅符鍊條被撐斷了，瞬間回到默娘手上，但白蟒身上留下一道深長的血痕。

千里眼和順風耳站在龜背上，想幫忙打白蟒卻找不到下手的機會，兩人又不會潛水，只能一旁觀戰。

白蟒負傷往西潛遁而去，默娘帶著千里眼和順風耳在空中追隨，不久看見白蟒游進長江中，江水即刻變得混濁。

默娘問千里眼：「白蟒哪裡去了？」

千里眼搖頭。

默娘轉頭問順風耳：「你聽得出來嗎？」

「我知道，在那裡。」順風耳把手一指，卻聽見江水中傳來雜亂的敲擊聲。「啊！糟了，好多水族在敲打江底的石頭。」

三人無可奈何，只好放棄追蹤。

其實晏公在幾年前被默娘刺了兩個傷口之後，就潛回巢穴去養傷修練。他的巢穴「晏湖」，如今已是歷史名詞，人們怎麼也找不到。晏湖在五千年前是江浙一帶的大湖，歷經幾次的江河氾濫和河道改道，晏湖表面逐漸被土石堆積，水草叢生而變成平地。但事實上，晏湖並沒有消失，而是滲水陷落隱藏在地下，成了一座涵蓋千里的地下湖泊。這湖泊有許多通道連接外面的水系，並通到太湖、長江、錢塘江，南邊的閩江、晉江，北邊也連通許多大湖，甚至直達黃河。

難怪這一帶的人們常能看見晏公的化身——白衣男子出沒，也難怪晏公廟的祭品丟入江湖之後，很快就不見蹤影，因爲各個水系由晏湖相串連，四通八達，晏公隨時自由出入。

經過幾年的休養生息，勤加修練，吸取紫微帝光，日月精華，加上豬隻美酒等祭品的供養，晏公不但很快痊癒，而且養得又胖又壯，威力大增。

這一回休養後的復出是經過策劃，他脅迫太湖中的大烏龜到東海邊翻弄浪濤，故意引誘龍王出來，然後想趁機偷襲對方，取而代之。只是沒想到，來的是默娘，而這隻大笨龜法力太弱，牽制不了默娘，還被她的幫手打傷龜殼，害他得自己對付默娘。

更沒想到的是，默娘的法力增強那麼多，上回只是被她刺出兩個小傷口，這一回卻是環身一圈都是傷，害他疼痛難當，日夜顫抖哀嚎。

他先潛伏在太湖底，等那隻大烏龜回來，冷不防竄出來咬死牠，將牠啃吞下肚，連龜殼與骨頭都不放過。那大烏龜有三百年的道行，龜肉補血養神，龜殼造骨活氣，吃完牠之後三天，晏公的傷就復原了，全身精力充沛，幹勁十足。

他回到晏湖，左思右想，做了更大的決定。

雖然兩次被默娘所傷，但默娘不是他主要的敵人，他不該找她復仇而浪費時間和精力，應該集中全力逼迫龍王就範。

所謂「海納百川而成其大」，雖然淡水族類沒有海洋水族繁多勢眾，但是也有無數蝦兵蟹將可以堆沙成塔，眾多龜鱉鱸鰻可以扛石疊牆，只要阻擋河道，減少淡水入海，海洋將會縮小，必然叫他龍王心驚膽寒。

於是晏公到各處召集水族，搬動山石來阻擋河道，而且先從小河小川開始，再朝大江大河邁進。數月之後，水底的攔水工程一一成形，流水受阻，內陸湖泊漸漸上漲，東海水位緩緩下降，而人們和海族尚不自知。

一直到將近一年，湖泊滿溢淹進良田和民家，人們才知大事不妙。東海海面卻下降一米多，海水濃縮，水質太鹹使魚蝦貝類血氣上亢而頭暈目眩，連龍王也覺得不舒服。龍王派人調查，得知是晏公作祟，只得派金甲武士權當使者到內陸去向晏公求和。但晏公傲慢，要求以海洋管轄權交換爲條件，龍王無法答應。

梅雨季節到來時，各地豪雨不斷，使得淹水更加嚴重。這時常有求救哀嚎聲傳來默娘這邊，發聲地不在大海，反而是在內陸，默娘帶領千里眼和順風耳前往救援，到處是哀鴻遍野，不忍足睹。

她前去詢問龍王：「怎麼會水澇成災？難道又是雨婆辦事失誤，惹出這大洪災嗎？還是你跑到天上去聚雲降雨了嗎？」

龍王不停揉著太陽穴，表情痛苦地說：「唉呀！這全是晏公搞的鬼呀！」

「又是晏公？」默娘又驚又氣。

龍王將詳細情況解說給默娘聽，「他把攔水壩築在河底，我海族大軍想要破壞它們是一點辦法也沒有，大家游進淡水就全身虛脫無力，根本無法動手啊！萬一河族的軍隊打過來，我們恐怕就會全軍覆沒了。」

默娘手握著劉明的燕鷗木雕，想起劉明、大哥、阿和叔和數不盡的無辜百姓，一時仇恨全湧上心頭。「太可惡了，讓我去消滅他。」

「那麼有勞你了，請騎鐵馬，穿鐵甲去吧！」龍王誠摯的說。

默娘說：「不必了，我將以此元神前往，沒有肉身需要保護，正好也少一層牽掛。」

「保重了！」

默娘告別後，回桃花山領著千里眼、順風耳，先往閩江察看。

到了閩江口，原本寬闊深廣的江面，此刻只剩涓涓細流。他們溯江而上，走了十多公里，見到一個由岩石、泥沙和朽木組成的攔水壩橫擋在眼前。它高有五米，橫亙江面，儼然一面巨牆將江水阻隔在後面，顯然上中游積水嚴重，壩上已經溢出江水，形成一道小瀑布。

千里眼和順風耳看見這情形，就氣急敗壞的舉起鐵鞭和巨斧大肆破壞，水壩很快破出一個大缺口，水流狂洩而出，瞬間將壩體推倒一半，兩兄弟陷入江水中。沒想到此時從大壩後面游出數十條鱷魚，兇惡的朝他兩兄弟咬去，兩人都被咬中手腳，唉唉慘叫。

他們用武器去打擊鱷魚，但水中阻力大功效不彰，默娘急忙丟出銅符要圈住鱷魚，但銅符一入江中竟不聽使喚，完全沒有變化。

想來這銅符是龍宮之物，進了淡水也會削弱力量。默娘只得深入河中，雙手拉緊他們兄弟，然後施法掀起水浪，將鱷魚全數捲入下游。

總算鬆了一口氣，兩兄弟準備上岸，卻聽到默娘大叫一聲：「唉呀！」

從壩後游出一條大電鰻電傷了默娘的元神，害她虛弱而倒浮在水中。大電鰻還要追擊默娘，千里眼急忙說：「老弟，快放出光輪。」

一瞬間，兩個大水車般的光輪出現在江中，彼此交相輝映，發射出千萬條刺眼的光芒，嚇退了大電鰻。默娘因此得以喘息，返回療傷。

十三、超凡入聖飛昇成仙

元神受傷不比肉身的創傷。皮肉之傷，十天半個月大約都可痊癒，若是傷及五臟六腑和骨骼，那就得藥石調養一到三月。但元神受傷非常嚴重，必得閉關修練，不受干擾，以七七四十九天爲一單位，調練數個單位才能修補。

默娘於是告別爹娘家人，前往桃花山的山洞中閉關，叫千里眼、順風耳擔任門神，守衛護持。

她每日靜心打坐，吐納練氣，要恢復原本旺盛的小周天循環，去呼應宇宙的大周天。可是不知怎麼的，每回氣行循環到肝脈的時候，她就感到右上腹脹脹痛痛，極不舒服，氣也就因此通不了肝關。

她百思不得其解，「難道電鰻傷害了我的肝脈嗎？」

她再嘗試數十回，依然如此。「這可怎麼辦？如果氣過不了肝脈，便無法練出小周天循環，更遑論去順應大周天了。如此一來，元神無法補救，我將永遠損失七成功力了。」

她急忙面向南方，對空呼救：「玄通道長，請來救救默娘。」無奈她的元神大損，呼求半天不見回應。她連忙請千里眼和順風耳，幫忙一起呼救。

「玄通道長，請來救救默娘。」三人同聲呼求。

不久，玄通道長出現在三人面前。千里眼和順風耳見來者是個白鬚長老，趕快恭敬鞠躬退下，獨留默娘與他在洞內。

默娘詳述困境給道長聽，道長說：「很簡單，你在運氣的時候，暫且讓氣繞過肝脈，先行走去脾脈，漸漸地，關鍵問題就會自動出現。」

「什麼樣的問題？」

「我不知道，你自然會發現到它，只要再想辦法解決這個問題，肝關就不再受阻，氣自然就會通達全身而周天循環了。」

玄通道長離開後，默娘試著這樣做，不知不覺胸中燃起一把熊熊烈火，教她呼吸急促，情緒激動。

她鎮定下來，閉起眼睛，用剩餘的心神去觀看那一把火。看著看著，她看進了火裡面——

那裡頭是暗夜裡海面上的點點漁火。多少個夜晚，她獨自一人伴著孤獨的火把，看顧那些漁火，寂寞卻又期盼，期盼大家滿載而歸，平安返港。

忽然，點點漁火一一消失，她感到令人害怕的失落，像是一顆心不知遺落在何方，惶惶慌慌，不知如何是好。漁火一點一點消失，直到最後一盞，她怕它熄滅，急忙專注往那漁火裡面看去。

先是看到阿和叔笑容滿面帶著小卷來給她，接著是大哥在教姊姊們讀書識字，又看見劉明跟他躺在沙灘上看彩霞。她想開口叫他們，可是嘴巴一張，火卻旺了起來，眼前的畫面改變了——

阿和叔成了一個衣冠塚，大哥成了濕淋淋的遺體，還有劉明焚燒在一團火裡。一團火，一團炙熱狂盛的火，向四面八方捲起貪婪的火舌，從面前向她包圍過來。她也燒進了火中，她看見自己燒進火中，而火中的她瞬時是她又不是她，不是她，是晏公。

默娘從幻象中驚醒，原來這一團火是來自對晏公的憤恨。沒錯，阿和叔、大哥和劉明，這些愛她的人都是因晏公而死，教她怎麼能不恨他呢？可是恨著他，丹田那一股好不容易運起的氣，卻過不了肝關，這無疑是在自我毀滅。默娘不知如何排解這把心火，每每練到這兒就躁動激憤，如此糾葛了七天之久，疲累不已。

直到那一天清晨，她被洞頂滴下的涼水喚醒，心中一片清澈。她突然感到一陣悲憫，腦中是那個俊美的白衣男子，需要美酒、謊言來裝飾自己，而他又是翻海的白色巨蟒，千百年來被嫉妒的野心霸佔心靈。這晏公，不正是世界上最可憐的人嗎？

這念頭一起，默娘忽然感覺右上腹有一股熱氣蠢蠢欲動，她心有靈犀，忙起身練氣，果然，久久無法打通的肝脈，竟然如湧泉注入幽潭，暢快美妙。

啊！這感覺太舒服了。

她趕緊把握時機，繼續行氣，沒想到氣行到心脈時，心口卻酸酸疼疼，又是阻滯不前。她想起道長的教誨，便繞過心脈，氣往腎脈先行。

沒想到此時腰部一陣溫熱，彷彿有一雙溫暖的手摟抱著它。

她有預感，便小心謹慎，戰戰兢兢的，往那雙手看去——

果然，是他。不覺心中一陣酸楚，淚如雨下……

「乖，不哭，不哭。」是劉明輕輕拍她的背。

她掩面哭泣，「對不起，我不是故意的，我沒有辦法救你，我不知道你生病了，我來不及啊……嗚……對不起……」

「沒關係，你看，」劉明讓默娘看看自己。「我好了，我完全好了啊！」

「你以後不可以再悶不吭聲地躲起來，好嗎？」

劉明笑而不答。

默娘破涕爲笑：「以後你幫病人看診，我來幫你磨藥。這樣好嗎？」

劉明故做神祕，微笑搖頭。

「不然，你讀書耕種，我煮飯織布？」

劉明還是搖頭。

默娘看著笑而不語的劉明，有些無奈，「那你說我可以爲你做什麼！」

劉明不但再次沉默，還低頭望著地上。

默娘有些慌張：「發生什麼事了？你有什麼難言之隱嗎？」

「默娘。」劉明抬起頭，用責備的眼神望著她。「你答應過我的事，爲什麼反悔了？」

默娘低聲下氣：「我……我有我的志向……我想去救世人，我想幫助他們，有那麼多窮苦的漁民……」

「所以永遠把我擺在，最後面……」

「沒有，不是，對不起，不是你想的那樣……」

千里眼和順風耳在洞門外看守，聽見默娘一會兒悲傷啜泣，一會兒又是歡聲笑語，覺得好奇怪，但又不敢進去察問，只得面面相覷，聳聳肩膀。

劉明站起來。默娘一抬頭，眼前竟是碧海藍天，白浪沙灘，只見劉明自顧自的往沙灘上走去。

「你要去哪裡？」

劉明無言地踩進潮浪，默娘緊追在後，憂心地說：「不要再向前走了，危險。」

天上刹時湧起烏雲，閃出雷電，一陣風吹來，緊接著下起傾盆大雨。

默娘快步向前拉住劉明。「求求你，不要再離開了……」

兩人在大雨中擁抱，全身濕淋溶化在一起。潮浪啪啪，在人心鼓上敲響，雷電隆隆也不放過，時時點亮天際。

「你曾經答應我的事，何時會實現？」劉明表情嚴肅。

「我……」

默娘心虛地望著他，而他堅定的眼神依然凝視著她，等待著回覆。

默娘嘴唇微微顫抖，說不出話，但劉明確信他得到了答案，他傾身，緩緩的將臉靠近她。

她感到溫熱的氣息撲上臉，也撲上心。她深情地閉上眼睛，等待兩人氣息纏繞的那一刻。

幾秒鐘之後，默娘預想的事沒發生，納悶地張開眼睛——

沒想到沙灘海景不見了，眼前只有堅硬黑暗的山壁。而且面對她的不是劉明，是觀世音菩薩。

默娘驚得一跪。

菩薩端坐，靜靜地說：「林默娘，你可知劉明現在在哪裡嗎？」

默娘面帶慚愧，羞憤不已。

「在這裡，」菩薩指著默娘。「就是你，你自己啊！劉明已經不是劉明了，而默娘怎麼還是默娘呢？」

默娘感覺到菩薩對她的失望，更加無地自容。

「色即是空，空即是色，這是我特地給你的磨練和考驗。」菩薩嚴厲地說。「你的問題不是元神受到的傷，而是情感上的弱點，劉明。照你這樣下去，是脫不了陰氣，練不了純陽，眼、耳、鼻、舌、身、意都是外陰，都必須脫除，而你卻是事事都在體驗劉明，懺悔劉明，贖罪劉明，貪戀劉明。我問你，你眞正想他？愛他？爲他好嗎？」

「我……」默娘答不出來。

「不！你只是想塡補心裡的空洞而已，而你根本塡補不了，卻一直深陷進去，無法自拔。」

「弟子知錯了。」默娘用力朝地上磕頭，懺悔道。

「危機也是轉機，林默娘，趁此機會好好反省，好好修練。別忘了我爲何派善財童子來傳授你『玄微祕法』，我對你期盼很深，寄望很高，盼你好自爲之。」

菩薩說完轉眼消失。

默娘癱坐在地，想起自己曾經說過「我們來世再作夫妻」的話，那彷彿一塊透明玻璃擱在心上，平時看不見，卻時時壓著，讓人沉重。

她痛定思痛，穿過漆黑的山洞，來到劉明的墳前，直接燒化燕鷗木雕，作爲了結。

默娘離開桃花山，回家裡修行，讓千里眼和順風耳在門外負責看守。

她重新收拾情緒，調整到清、靜、和、寂、虛、無的境界。肝、脾、肺、腎、心以及奇經八脈都已經打通氣結，練成了小周天循環，七天之後也連通了大周天循環。她的元神已經恢復健康。

但她謹遵菩薩的教誨，摸索如何脫去外陰，修出元陽，而不再依賴銅符。既然外陰是胎兒出生之後才進入身體，那個在它們進入之前，純陽之體又是如何呢？

她不斷往前回溯自己的童年，漸漸能回想自己出生之時的情況，她感到外界的聲音、影像和其它感觸都漸漸減少，內心只感到平靜祥和，和來自爹娘的愛。

幾天後，她忽然感受到血脈奔流，心跳砰砰，然而那不是自己的血脈和心跳，而是外界的環境，一種無悲無喜，無善無惡的境地。

她感到萬點星光圍繞著她旋轉，但她又是星海中之一粟，那是有我又似無我，有星彷如無星的至純之境。

如此又經歷七七四十九天，她感覺心裡變透，身體變輕，無比空靈。

宋太宗雍熙四年（西元九百八十七年），二十八歲的默娘在重陽節的前一天晚上，向爹、娘、嫂嫂和孩子們說：「明天重陽節，我要到湄峰登高，從今以後，盼大家珍重。」

大家覺得她的話中有話，問她是什麼意思，她卻笑而不答，神情依依。

隔天天未亮，她梳妝已畢，在爹娘房外悄悄拜別，然後獨自一人登上湄峰，盤腿而坐，雙手合十。

第一道曙光從東方透出時，湄峰上聚來千百隻燕子，來回穿梭，另有蜜蜂群體飛翔，黑壓壓如團團紫霧。從東方飄來一長排的白雲，緩緩將默娘圍繞。她拿下銅符丟還海中，然後隨著白雲浮起，輕飄飄的往天空飛昇。

天界傳來美妙的音樂，並灑下曼陀羅花雨，半空出現彩虹，默娘登上去，隨後與迎接的海龍王和天兵天將，一起消失在空中。

人們看見了奇特的景象，知道是林默娘羽化昇天去當神仙了，紛紛下跪膜拜歡送。

湄洲島民跟林惟愨夫妻商量後，幫默娘建廟立祠，供奉香火，祈求庇佑，並改尊稱她爲「媽祖」。

十四、翻江倒海大敗晏公

媽祖進入天庭參見玉皇大帝和王母娘娘，玉帝檢視她的功績，封她爲「海神」，命她負責救助海上受苦受難的人，眾神齊向她恭賀。

但短暫歡笑之後，東海海龍王卻愁眉苦臉地趨前上奏。

「啓奏玉帝，凡間有條數千年道行的白蟒，人稱晏公，用岩石組水壩，擋住了大江大河的水流，使得陸地上水鄉澤國，哀鴻遍野，而我東海水面卻下降嚴重。長年累月下來，如今海峽現底，澎湖、流求（今台灣）相連，海中水族曝曬而亡，連我龍王也因海水太鹹而頭昏腦脹，無計可施。懇求玉帝幫忙，將這妖怪抓起來法辦。」

玉帝說：「之前也有雨婆來報，說大地澇災，請求不再施雨，我便納悶，原來是老妖作怪。眾愛卿，可有人願意領命前往收妖？」

「小神願意。」二郎神說。

「在下義不容辭。」關聖帝君也說。

默娘上前說：「啓稟玉帝，我和晏公曾有數面之緣，數次交鋒。他晏公雖然殘暴險惡，行爲乖戾，但乃源自心魔所困，實屬可憐；與其強力鎮壓，傷他性命，不如由我領取天命去勸服他。若能感化他棄惡從善，將功贖罪，豈不彰顯玉帝恩威，也造福天地百姓，懇請玉帝恩准。」

玉帝笑說：「也好，你剛上任，正好予你一個建功的機會。」

玉帝又對龍王說：「你且回龍宮整軍經武，隨時備戰，萬一媽祖有難，你當隨時支援！」

「謹遵玉旨。」龍王和媽祖一起答應。

媽祖領旨後，率千里眼、順風耳前往找尋晏公。

千里眼極目千里，細察秋毫，然而江河湖海，都不見白蟒的身影。順風耳廣搜音波，連落葉飄搖、銀針墜地也不放過，依舊不聞白蟒嘶吼。默娘自問：「難道他又化身白袍男子，尋人喝酒去了嗎？」

默娘思索一番，決定改變策略。她說：「我們去破壞攔水壩，將淡水洩入東海，而且從南到北，每一條向東流的江河都如此作為，料想晏公必然會來阻止。」

於是千里眼耍鋼鞭，順風耳劈巨斧，媽祖用砲擊般的神功，三人聯手一一把江河中的水壩去除。媽祖已非凡人，神力無窮，那些昔日會傷害他們的鱷魚、鼉鰻再怎麼兇狠也都無力抵擋，遭到擊退，並隨之沖入大海之中，茫茫不知所終。

一切進行得很順利，內陸淤積的淡水快速宣洩，東海的水位也慢慢提升。三人來到錢塘江口，正準備毀壞攔水壩時，晏公果然被逼現身。

他化身為戰袍武將，威風凜凜地站在壩頂上說：「可惡的林默娘，你已經破壞我的攔水壩七十八座了，還不夠嗎？這些用來威脅龍王的工事，是我河族辛苦搭建起來的，你將它們破壞殆盡，我一定要你付出代價。」

「晏公，請你收手，不要再對龍王挑釁了。因為你的一己之私，卻害了千千萬萬的黎民百姓深陷水澇之苦，妻離子散，家破人亡，也害了海族魚蝦，因乾涸見底，曝曬而死，非常悽慘。求求你，收手吧！」

「那些人算什麼？不過是一堆螻蟻罷了。那些海族也是死有應得，誰叫牠們是龍王的子民呢？」晏公不屑地說。「兩軍交戰，豈有不傷不亡的道理？就看哪一方傷亡慘重，自願服輸向對方投降啊！哈！我知道龍王快撐不住了，只要再多個三五日，他必然要來與我交涉談和，我取代他當上海中霸王已是指日可待，想不到卻跑出你這妖婆，來破壞我的好事。可惡啊！」

媽祖勸他說：「你莫再爲非作歹。我瞭解，你的心被陰暗的貪念和野心所盤據，才會做出這般瘋狂舉動。它們讓你日日活在嫉妒與憎恨中，讓你很不快樂，請聽我的話，放棄這一切，好嗎？」

「你壞我大計，阻我前途，還有什麼好說的？」

晏公不聽勸，直接開打，一道光波從他雙掌中推出，直逼媽祖胸口，媽祖側身閃過。千里眼化成光輪直接往晏公衝撞，晏公發出光波，將他震倒。同一時間，趁晏公分神時，由順風耳所幻化的光輪撞上晏公，晏公猛力一推，將順風耳推撞上一旁巨石，兩兄弟都身負重傷。

晏公肩膀受創，急忙跳到岸上，踩穩腳步，又運出一道眞氣，發出光波。媽祖正要上前關心兩兄弟的傷勢，遭此光波擊中背部，媽祖無奈，翻手收了那道光波，然後在掌中旋繞成一團刺眼的光球，變化成五彩打回晏公身上，正中腹部。

晏公不知媽祖的功力已是從前的千百倍，一時大意遭此衝擊受了內傷，腹部疼痛不已。他心一驚，忙變回白蟒潛進晏湖藏匿。

媽祖令千里眼和順風耳留在岸上休息，她獨自躍進江水一路尾隨。追逐著白蟒的行蹤，她發覺自己不斷在陰暗中下潛，不久也跟著進入漆黑的晏湖，上不見天，下不見底。

忽然水蛭大軍來襲，紛紛附上她的衣服和手腳，食人魚大軍和電鰻大軍也齊出動，圍集過來又咬又電。媽祖先是心驚，後來鎮定下來，發出神功，一道強波便將牠們全數震退，翻出白肚。

緊接著，千萬個游魂圍攏過來，阻礙了去路，仔細一看，原來是遭到晏公殺害的人們所轉化的水鬼，也被晏公奴役，齊來抓媽祖的魂魄。媽祖心生悲憫，大發慈心說：「你們萬萬不可爲虎作倀，幫那晏公來傷害別人。我現在正領了玉皇大帝的旨意要去抓拿晏公，你們要清楚，只有晏公束手就縛，你們才能脫離他的控制，重獲自由。」

水鬼們聽了覺得有理，雙手合十，紛紛退避。

前方再無阻礙了，媽祖直擣白蟒的巢穴。白蟒驚訝不已，無路可退，只得衝出晏湖一路北逃。

白蟒逃到長江口，最大的攔水壩下，筋疲力盡。

媽祖說：「晏公，得與失，生與死，都在一念之間。請你跟我回去，不要再害人了。」

白蟒全身縮成一個大圈圈，接著從口鼻中滲出鮮血，虛弱地說：「救我……救我……」

「啊！你怎麼了？」媽祖擔心的上前關懷。「是否我下手太重了？」

就在媽祖的手即將碰觸到白蟒時，白蟒張開大嘴，吐出百十條粗繩般的水草，瞬間將媽祖的手腳牢牢束縛。

白蟒躍上江岸，將長尾一甩打在攔水壩上，一聲巨響，壩體崩毀，宣洩的狂潮激流瞬間把媽祖衝入海中。

媽祖不斷被巨石、雜木和狂流翻攪衝擊，又無法脫離，因而失去意識沉入海底。

長江是最大的江河，那巨大的壩體堰塞了五湖四海般巨量的淡水，一經崩毀，滔滔江水沖入東海。

而此刻的深海中，龍王按照玉帝指示已經成立了龐大的海族大軍，由巨蟹將軍率領中軍，大白鯊將軍統領右軍，水虎將軍指揮左軍，只等著媽祖傳來訊息，便可合力共擒晏公。

龍王萬萬沒想到，媽祖的訊息尚未傳來，竟傳來濤天巨浪，那長江大水一洩千里，瞬時引發巨大洋流而沖毀了龍宮。海族大軍被突如其來的狂流水壓沖震得七葷八素，死傷慘重。龍王和龍母也在海床上翻滾百里，受了傷而失去大半法力。

白蟒以爲媽祖已經死了，便肆意進入海中挑戰龍王。龍王渾渾噩噩地撐著受傷的身體勉強應戰，但節節敗退。一旁有海族想要幫忙，大軍卻已經潰不成軍，兵敗如山倒。

媽祖位在狂濤巨浪的前端，被翻滾推進到十萬八千里的東海盡頭。一陣迷茫之後，媽祖振作起來，掙脫水草束縛，恢復元神，衝往龍宮。

海床上躺滿受傷的鯊魚、巨蟹、龍蝦、海馬和各式魚類，而白蟒正與青龍扭打纏鬥，青龍明顯屈居弱勢，身上有多處遭到咬傷，漸漸無法回擊。

媽祖見狀，搖頭嘆息：「唉！我一番苦心勸晏公棄暗投明，想不到換來他軟土深掘，變本加厲。是我害了龍王啊！」

媽祖胸中激起一股怒氣，隨即發神光往白蟒推了一掌，白蟒往旁邊偏了二十米，但看起來絲毫不損，牠果眞在鹹水中比淡水中強壯數十倍。

媽祖集中心念全力翻動洋流，故意將白蟒推出海面，拋向空中，她再趁機飛到空中，在牠頭上給了致命的一擊。

這一掌如泰山壓頂，打得白蟒頭痛欲裂，全身扭動，哀嚎不已。

媽祖將牠推上岸，勸說：「晏公，請改邪歸正吧！」

白蟒離水後仍逞強化成人形，抱著頭唉唉喊疼，隨即七孔流出鮮血。

媽祖又說：「你不是我的敵人，你應該當我的朋友，也該是海龍王的朋友。」

晏公放下雙手，抬頭挺胸，強做豪氣地說：「我既然敗給你，甘願受死。」只是此刻的他，已無法力將容貌美化成白面美男子，鮮血染紅了猙獰的黑臉，也染紅了雙手。

媽祖於心不忍，誠摯哀痛地說：「你好不容易有數千年的道行，若是殺了你，豈不是辜負了天地的造化與好生之德。」

「你不殺我嗎？」

「我不殺你。」媽祖試著感化道，「我真心希望你轉化心志，保護黎民百姓，造福魚米之鄉。以你固有的深厚功力，只要積德修善，修練精進，終會有超凡入聖的一天。就像我一樣，列入仙班啊！」

晏公受到感動，沉思良久，然後說：「好，我願意聽你的，從此保護江河湖泊安寧，不再生事，也不再潛入海中作亂了。」

「太好了。」媽祖十分欣慰。

她扶起晏公，並且施展神力，很快替他解除了傷痛。

晏公感念媽祖的恩德，隨即潛入江河，一一打掉其它的攔水壩，使得各江水河流都順利向東流。

海水回升，鹹度恢復正常，殘存的海族感到舒服許多。而陸地上的淹水也舒緩了，房屋田庄露出水面，人民的生計也有復原的希望。

龍王看到一切恢復原貌，特地上岸，向媽祖說：「謝謝媽祖，幫我化解冤仇，請受小龍一拜。」

龍王要下跪，媽祖急忙扶起他，謙辭說：「萬萬不可。」

十五、天上人間續前緣

天上一天，人間十年，媽祖降服晏公回到天庭，才過了天時的半刻鐘。她向玉帝覆命受勳之後，便到處遊歷天宮，拜訪各路神仙。雷公、電母、熱情招待她到家裡去飲玉露，二郎神家的天狗忠誠又可愛，太白星君跟她分享剛出爐的仙丹，三清眞人對於「空無」，另有一番見解……

五天之後，又有新神升天受封，名爲吳夲（音同「濤」字）。

玉皇大帝檢閱他一生的功過簿，感佩地說：「你終生行醫爲民奉獻，連龍虎都曾診治成功，仁心仁術不因人畜精怪而有所分別，醫德崇高，我看我就封你爲『保生大帝』吧！」

「感謝玉皇大帝。」吳夲說。

眾神仙也恭賀他，他一一回禮。

退朝之後，幾個神仙聚在吳夲身邊，好奇詢問。

龍王說：「剛才玉帝說你救過龍，那是怎麼回事？」

吳夲說：「我所救的不是眞龍，乃是蟠龍。那條蟠龍患有眼疾，一天夜裡從天而降，攀上我家的柱子，哀哀訴苦。我爲牠檢查之後，發現是結膜發炎，已經潰爛，因此趕緊用毛筆點藥水爲牠塗眼，一次見效。」

「厲害，厲害。」眾神都佩服。

二郎神問說：「那救了老虎，又是怎麼說？」

「那就比較有風險了。」吳夲說。「有一天一隻白額金睛的大老虎在林子裡遇到我，聞到我背上所背藥櫥的味道，便低頭靠過來嗚嗚咽咽。我撫摸牠的額頭，牠張開嘴示意我看裡面，我替牠做了檢查……」

默娘聽到藥櫥，感覺好熟悉，連忙發問：「如何檢查？」

吳夲說：「我把手伸進牠的嘴巴裡面檢查。」

「好危險，你不怕被老虎咬一口嗎？」默娘問。

「我那時一心只想救牠，根本想不了那麼多。」吳夲說。「我發現有髮簪哽在牠的喉嚨，害牠痛苦不已，原來牠剛吃完一個婦人。我告誡牠以後不准再吃人，牠點頭答應之後，我才幫牠把髮簪拔出來，沒想到從此牠就跟著我，而且一改肉食，只吃我的草藥，還成爲我在凡間的坐騎。」

龍王又問：「聽說你的凡身是閩地的人？」

「是的，我出生在泉州府同安縣。」

默娘開心道：「我的凡身也在閩地，家住湄洲島！」

吳夲也高興地笑著說：「那我們是同鄉囉！」

雷公一旁說：「兄弟，你看起來五十多歲，灰髮灰鬢，待人親切，叫你『保生大帝』聽起來好嚴肅，好見外。像我本名是『雷公江天君』，人家都叫我『雷公』，你看多順口，好親切啊！」

「大家可以叫我『大道公』，凡間有不少人是這樣稱呼我的。」吳夲笑著說。

媽祖注意到吳夲頻頻轉頭看自己，那眼神似曾相識。

散會之後，龍王又跑去向吳夲說：「大道公，可否邀請尊駕到我龍宮作客，順道幫我和龍母把把脈？」

大道公看看龍王，認眞地說：「敢問龍王，你是不是常常頭痛欲裂，脖子僵硬，胸口緊悶，暈眩易怒？」

「你眞是好眼力。」龍王大驚。

大道公當場幫他把脈，說：「龍王，你這病乃是高鹽所引發的肝陽上亢之症。」

他從懷裡拿出一個瓷瓶，又說：「我這裡有藥湯，成分是天麻、鉤藤、牛膝、石決明、杜仲、黃芩、梔子、益母草、桑寄生、夜交藤、茯神，只要連服數日即可痊癒。不知龍母怎麼不舒服？」

「她的症狀跟我不一樣，耳鳴心悸得厲害。唉！看來都是那晏公當時所害。」

「晏公？大江大湖旁常見的晏公廟，是那位晏公嗎？」大道公十分困惑。「以我所知，他很愛護江河船民和沿岸百姓，廣受大眾愛戴的，他會害人嗎？」

「唉喲！你晚到了五天，人間是五十年，那是五十年前的事，難怪你有所不知。」龍王嘮嘮叨叨，「來，到我龍宮來聊，我可以講三天三夜都講不完。還有，我跟你說，我東海裡面物產豐饒，生產很多藥材，我統統送給你。像是珊瑚草可以補骨，紫菜治大脖子，牡蠣安神……」

大道公大喜：「哈！那是一定要去拜訪的。」

說著，就被龍王拉走了。

兩人抵達龍宮，大道公幫龍母把了脈，說：「肝腎陰虛，腰膝痠軟、五心煩熱、腦鳴健忘，同樣是高鹽所致，但你的體質虛寒，不像龍王實熱，所以症狀不同。我這裡有藥丸，乃熟地黃、山茱萸、山藥、澤瀉、牡丹皮、茯苓、枸杞子、菊花所製成，龍母請吃看看。」

龍母吞下之後，頓時覺得精神百倍。

「眞不該怎麼感謝你才好啊！」龍母說。

大道公說：「龍母不要客氣，我的職責就是爲人治病，幸好賢伉儷只是小病罷了，很快便能康復。」

龍母忽然靈光一閃：「對了！聽聞你在凡間並未娶妻，是嗎？」

「是的。」

龍母看向龍王，又說：「媽祖也沒有嫁人耶！老件，我們幫他們撮合撮合，你看如何？」

「當然好啊！」龍王高興地說，「一個未娶，一個未嫁，一個是謙謙君子，一個是窈窕淑女，這不正是天造地設的一對嗎？大道公，你意下如何？」

「我？」大道公只是低頭難爲情地說：「就是不知媽祖是否有意了？」

龍母說：「來來，我知道在那流求島（今台灣）上高山之處，有一片青青草原，景色綺麗。不妨我來邀約媽祖，到那兒與你相見一談，好嗎？」

大道公害臊得臉紅，「我們在天庭見過面，也交談過。」

「太好了，既然講過話，那就更有話聊了。」龍母掩著嘴笑。「那我這媒婆就省事多了，到時你們好自爲之囉！呵呵！」

這件事就說定了，大道公告辭之後，龍母就去找媽祖表明作媒的意思。

媽祖聽了好為難：「我凡身在十八歲時就梳了一個帆髻，表明一生奉獻給大海漁民，不婚不嫁的心志了。」

龍母鼓吹說：「唉喲！那麼久以前的事了，當時是人，現在是神，物換星移，現在婚嫁不算毀誓失信啊！何況大道公人品極好，你且去聊聊也無妨，若能生出意愛，永結良緣，豈不是美事一樁？」

看在龍母這麼熱心，怕辜負她的好意，媽祖只好勉強答應了。

到了約會的那一天，兩人先後由天而降。

只見青青草原上藍天白雲，青山環繞，白羊隻隻散落在坡上吃草，風景十分美麗。

兩人雖曾聊過幾句，但此刻是為談兒女之情而來，孤男寡女，反而尷尬的不知如何開始才好。

「其實……」大道公隱忍了許久，決定開門見山。「當時在冥府，我並沒有飲下孟婆湯。」

「什麼意思？」媽祖不懂。

「你看，我的胎記。」大道公脫下衣服，背部示人。

媽祖看見他的背上有兩個明顯的圓形胎記，正好就落在一對「風門穴」上。

「啊！你……」媽祖指著他，又驚又喜，欲言又止。

「是我。」大道公感慨的說。「我如今成為神仙，一路都是拿你當榜樣，學習你的大愛精神。你是我的啓蒙老師，也是我的精神導師，我日日夜夜都感念恩情。」

「呵呵！」媽祖調皮地問：「既是師生之情，何來男女之愛呢？」

「這……」大道公一時語塞。

「咩……咩……」一旁傳來急躁痛苦的羊叫聲。

兩人轉身看去，不遠處有頭母羊正要分娩，正在難受的叫著。

大道公連忙過去輕輕撫摸母羊，安撫道：「加油，用點力。」

「咩……咩……」母羊依舊痛苦唉叫，全身不自主地抽動著。

好不容易小羊的頭漸漸露出生門，大道公忙伸手托著小羊，怕牠墜地受傷。

「咩——咩——」當小羊的身體緊緊擠在生門時，母羊因爲劇烈疼痛而狂叫不止，眼睛滲出了淚水。

費勁辛苦，小羊終於順利產出，母羊虛弱地躺在地上，一邊舔去小羊的胞衣。

大道公欣慰地看著羊兒，又看著媽祖，笑說：「太好了，母子均安。」

「保生大帝，大道公，吳夲，劉明，」媽祖卻一本正經地說：「不管你叫做什麼名字。我且問你，你可忍心見我將來也蒙受這懷胎之苦，生產之痛嗎？」

「這……」大道公聽出弦外之音，遲疑片刻，隨即坦然地笑說：「哈！哈！好，好，你做我永遠的默娘，我當你永遠的劉明。可好？」

媽祖雙手交疊在腰後，慧黠的一笑：「果然是我的好學生。」

從此兩人忙碌於自己的愛心事業，一個海上救援，一個懸壺濟世，各自專注，沒有負擔。只有在三月十五，大道公生日時，媽祖會調皮的颳陣大風，吹掉大道公的高帽子。到了三月二十三媽祖生日，大道公會故意下場雨，洗掉媽祖臉上的紅胭脂。

不過他們都不會介意，反而覺得很窩心。因爲這樣你戲弄我一下，我作弄你一下，讓對方知道自己心裡仍然有他，有她，那眞是天上人間最美好的事了。

附錄

隨著早期臺灣祖先從中國大陸遷移到臺灣，因坐船必須經過俗稱黑水溝的臺灣海峽，人們時聞海難喪身之事，有人搭船時就帶著媽祖神像作爲守護神，平安落地生根於臺灣後，才又建蓋媽祖廟感謝媽祖的庇佑。

關於媽祖的身世自宋代以來就有許多版本，直到清代民間廣爲採用《天妃顯聖錄》一書，媽祖的身世說詞才趨近一致。宋元兩朝的文獻未提到媽祖的誕辰，明代後訂爲三月二十日，故臺灣民間皆定農曆三月二十三日是媽祖生，遂而出現「三月瘋媽祖」的慶典文化。

臺灣早期的媽祖大多是從中國大陸分靈而來，最廣爲人知的就是湄洲嶼朝天閣的「湄洲媽」。一八九五年日本佔領臺灣之後，中國與臺灣之間交通斷絕，臺灣新建的媽祖廟轉而向本島歷史較悠久的媽祖廟迎請分身供奉，其中分靈最多則屬北港朝天宮。人們相信母廟的媽祖靈力較強，分靈出去的媽祖須每年回來「刈火」，才能保持靈力不衰。爲保持母廟與分廟的特殊聯繫，各分廟每隔一定時期都得上母廟乞火，俗稱「進香」。而這也不僅是神與神的交流、也是人與人之間互相撫慰心靈的活動。

神明每年必須「遶境」定期巡視其轄區，以安定人心、驅逐邪煞。故每年農曆年後，分靈出去的媽祖會在媽祖生前擇日回母廟進香，才會形成臺灣各大媽祖廟前陸續出現「進香」與「遶境」熱鬧的慶典活動。目前臺灣地區的媽祖進香活動，以通霄拱天宮白沙屯媽祖進香徒步路程最遠；大甲鎮瀾宮媽祖規模最大；北港朝天宮媽祖遶境則最震撼人心；而澎湖媽祖海巡最具特色。所以媽祖遶境進香堪稱臺灣最有代表性的民俗活動。

早期從大陸分靈而來的「粉面媽」，是採納媽祖二十八歲飛天時的面貌，在臺灣慢慢演變成「黑面媽」居多，且臺灣的媽祖面容多是婦人的形象，也可見媽祖以非天后、聖母等高不可攀的神格，而是以母親的形象深植臺灣人的心中。

國家圖書館出版品預行編目資料

台灣民間故事1：媽祖林默娘 / 鄭宗弦著；曹泰容繪.
-- 初版. -- 臺中市：晨星，2016.05
面；　公分.--（蘋果文庫；75）
ISBN 978-986-443-122-9（平裝）

859.6　　105002548

蘋果文庫 075

台灣民間故事1

媽祖林默娘

作者 | 鄭宗弦、繪者 | 曹泰容
主編 | 郭玟君、校對 | 廖靖玟
封面設計 | 黃裴文、美術編輯 | 黃寶慧

創辦人 | 陳銘民
發行所 | 晨星出版有限公司、台中市407工業區30路1號
TEL:(04)23595820 FAX:(04)23550581
E-mail:service@morningstar.com.tw
http://www.morningstar.com.tw
行政院新聞局局版台業字第2500號

法律顧問 | 陳思成律師
郵政劃撥 | 22326758（晨星出版有限公司）
讀者服務專線 | 04-23595819#230
初版 | 西元2016 年05月31日
印刷 | 上好印刷股份有限公司

ISBN | 978-986-443-122-9
定價 | 250元

Printed in Taiwan

蘋果文庫 悄悄話回函

親愛的大小朋友：

感謝你購買晨星出版的蘋果文庫。歡迎你購書／閱讀完畢以後，寫下想對編輯部說的悄悄話（免貼郵資），如有心得／插圖佳作，將會刊登於專刊或 FACEBOOK 上。填妥個人資料，除了不定期會收到「晨星閱讀專刊」，我們將於每月抽出幸運讀者，贈送新書或獨家贈品。

★購買的書是：______________________________

★名字：______________★生日：西元______年______月______日

★職業：□學生／就讀學校：__________□老師／任教學校：__________

□服務　□製造　□資訊　□軍公教　□金融　□傳播　□其他__________

★如何擁有此書：□老師買的　□爸媽買的　□自己買的　□其他__________

★你希望晨星能出版那些兒童青少年書籍？（複選）

□奇幻冒險　□勵志故事　□幽默故事　□推理故事　□藝術人文

□中外經典名著　□自然科學與環境教育　□漫畫　□其他

★感想：

廣告回函
台灣中區郵政管理局
登記證第267號
免貼郵票

407　台中市工業區30路1號
晨星出版有限公司
TEL：（04）23595820　FAX：（04）23550581
e-mail：service@morningstar.com.tw
http://www.morningstar.com.tw

媽祖林默娘

請延虛線摺下裝訂，謝謝！

寄件人姓名：________________
E-mail：________________
地址：______(郵遞區號)________市／縣________鄉／鎮／市／區
____________路／街____段____巷____弄____號____樓／室
電話：住宅（　）____________公司（　）____________
手機 ________________